藍小說 944

終於悲哀的外國語

やがて哀しき外国語

村上春樹——著

賴明珠——譯

Contents
目錄

普林斯頓——前言

我第一次造訪紐澤西州的普林斯頓，是在一九八四年的夏天。我搭美國鐵道（**AMTRAK**）的火車從華盛頓DC前往紐約的途中，在**Princeton Junction**站下車，從那裡搭計程車到大學去。說起來一九八四年正是雷根對抗孟岱爾總統大選的那年。到處都聽得到布魯斯・史普林斯汀（**Bruce Springsteen**）的*Born in the USA*，麥可・傑克森被火燙傷正戴著銀色手套那一年（話雖這麼說，卻感覺好像才三、四年前的事情似的，或許是上了年紀的關係吧？）。

會到普林斯頓來，只因爲普林斯頓大學是F・史考特・費滋傑羅的母校，我很想親眼看一看校園，原因相當單純。除此之外並沒有其他特別的事情。既然特地選了通過這裡的火車，而且以後可能再也不會來這一帶了，所以就過去看一下吧，這樣的感覺。先在校園裡逛一逛，再到圖書館他的展覽室請管理員讓我看看他的親筆原稿，然後到街上散散步，並在路邊一家名叫普林斯頓汽車旅館（**Princeton Motor Lodge**）的老舊旅館住了一夜，然後又再搭上美國鐵道的火車到紐約去。我還記得當時感覺這眞是一個好和平的牧歌式地方啊。也因爲正值暑假，寬闊的校園裡幾乎沒什麼人影，街上也像死掉了似的一片寂靜。早晨跑步時，還看到附近有好多兔子。松鼠也到處可以見到（下次再來的時候，這一帶的原野竟然變成一座龐大的購物中心）。

旅途中還有一件事情讓我記得很清楚，那就是從 Princeton Junction 火車站所搭的計程車。現在普林斯頓車站前面好像有很多計程車在等候載客，當時卻碰巧一部車都沒有。從普林斯頓車站到大學的接駁小火車，也不記得爲了什麼原因當時正好停止運行。這所謂 Princeton Junction 的車站，就孤零零地建在什麼也沒有的原野正中央，周圍一戶人家也沒有。在車站下車的乘客總共也只有四個人而已。一位看來大約二十五歲上下的女人，一位二十歲左右的年輕黑人，還有我和我太太。我們四個人只能坐在車站前面一直靜靜等候計程車開來，沒有別的辦法。

怎麼等，計程車都一直不來。不過三十分鐘過後，正在開始擔心到底車子會不會來時，才看見一輛計程車開過來。我們總算鬆一口氣，決定大家一起共乘這輛車。女人坐在司機旁的座位，剩下的三個人坐在後座。司機是個大個子的中年白人。這下子總算暫時放心了。然而車子發動後不久，坐在我旁邊的黑人忽然從旅行袋裡拿出一罐髮膠來，咖啦咖啦咖啦搖過一陣之後就往自己頭上開始噴起來。爲什麼非要在計程車上噴髮膠不可呢？我也搞不清楚，不過同車的人可眞受不了。而且還一直噴個不停。司機把車子咻一下開到路邊停下，走下車子，打開後座車門「喂，你給我下車！」這樣朝那個黑人怒吼。黑人口中嘀咕了一陣，想要抗議的樣子，不過也許看在司機長得高頭大馬滿強壯的樣子吧，終於提起旅行袋拿著髮膠乖乖下了車；不過黑人也許嗑了藥，雖然表面上看不出來。

司機再度上車，若無其事地載著剩下的三個人到了街上。

「以前這裡不會有這種人來的。」司機過一會兒之後才對我們不悅地吐出這樣一句。「不過，這近郊也開始吸引商業社區來建設之後，很多這一類的傢伙就開始住進來了。再過幾年這一帶眞不知道會變成什麼樣子。」

在那七年之後，我再次造訪普林斯頓。這次是爲了長期住在大學而來的。有一次我在和一位美國人談話時，提到自己幾年前曾經到過普林斯頓一次，並閒聊到如果能在那樣安靜的地方不受任何人打攪地悠閒寫小說該有多好。於是他眞的說：「那麼就來辦看看吧。」於是去見普林斯頓大學的相關人士，三兩下就幫我把事情具體辦好了。「嘿，普林斯頓說要請你去，住的地方也決定了。你就把行李整理好，明年一月底以前到那邊去吧。」凡事都講求效率正是美國的好處。

那是一九九〇年秋天的事。我們於是匆匆忙忙地開始整理行李準備去美國。我跟我太太那年的年初才好不容易從住了三年的歐洲剛回到日本來，不過在糊里糊塗之下，又決定再度移居國外。雖然一面感覺有點過於匆促，但一面也不想放棄能住普林斯頓的大好機會。

一月到美國領事館去領簽證時，正好波斯灣戰爭開始。我們在開往赤坂的計程車上，聽著美軍以火箭攻擊巴格達的新聞。這對我們來說似乎不算是一個美好的目的國度。就算那是個遠離國境的戰爭，但要去正在戰爭的國家、在那裡過生活，這件事情實在令人心情不怎麼舒服。不過既然一切手續都已經辦好了，我們除了硬著頭皮就這樣出發赴美之外，沒有別的選擇餘地。結果雖然沒有受到因爲戰爭所引起的直接影響，不過老實說，在當時美國強烈的愛國熱潮和陽剛氣氛下，心情實在不太輕鬆。看到普林斯頓大學的校園裡，學生拿著波斯灣戰爭如何如何的標語牌示威遊行，心想：「噢，好懷念的反戰集會。」但仔細一看竟然是支持戰爭的遊行。雖然這是人家的國家，沒有你囉唆的餘地，不過還是難免重新燃起今昔之感。後來到Rutgers州立大學（這邊是比較平民化的大學）跟學生聊到時，據他們說：「那是因爲普林斯頓才會那樣，村上先生。我們這邊確實舉行過反戰示威遊行噢。」普林斯頓後來也發生過舉著反戰標語牌的學生遭到主戰的學生團體攻擊，把標語搶下來折斷撕破的暴力事件。

然而就在那場戰爭總算順利結束，心想終於可以鬆一口氣時，不料又遇到珍珠港戰爭50週年紀念，美國境內反日情緒逐漸高漲起來。由波灣戰爭所帶來的高昂愛國情操就那麼原原本本地轉而流入反日浪潮中去，加上美國經濟長期不景氣所造成的挫折感，大家正需要找地方宣洩也有關係。我不知道日本媒體是如何報導的，不過實際上置身其中、生活在裡面實在很難過。總覺得住起來心情不太舒服，常常可以感覺到周圍的空氣扎扎的彷彿有刺似的。尤其進入十二月之後，除非要買必需品，否則不太出門，大多都在家裡安靜不動。有這種感覺的並不只有我而已，周遭的許多日本人似乎也有同感。這時候偏偏有日本的政治家（有吧）說了一些不該說的話，引起美國人的反感，我心想這些傢伙到底在想什麼啊，眞叫人生氣。

那時候，有美國朋友請我到家裡去用晚餐，同桌有一位美國白人（退休的大學教授）言談之中說溜了嘴對我說：「你們日本鬼子……」忽然全場彷彿被澆了一頭冷水似的瞬間靜悄悄的，主人更是臉色發青。竟然發生了美國的晚宴上最不該發生的事情。不過說話的本人似乎完全沒有發覺自己說溜了嘴的樣子。後來主人悄悄地把我叫到一旁解釋道：「嘿村上，他沒有什麼惡意喲。你就原諒他吧。他年輕時候被徵召從軍，在太平洋跟日軍作戰，當時所受的教育現在還留在意識裡。並不是對你們個人有什麼反感。」這種事情我也知道，所以不必介意，我這樣說。實際上我也不怎麼在意。不過在場同桌的那些人緊張的樣子卻令我記憶深刻。這是個相當難得的經驗。

也因爲有這樣的事情，因此第一年很多事情讓我感覺相當緊繃。覺得對美國人來說也好，對我們來說也好，似乎都是相當沉重的一年。洛杉磯的暴動也在這不久後發生。那一年之間，我一直窩在家裡寫長篇小說。幾乎哪裡也沒有去，幾乎什麼也沒有做。這長篇小說也歷經了不可思議的迂迴曲折過程而終於一分爲二，細胞分裂成兩本書，其中之一是書名叫做《國境之南、太陽之西》的較長中篇小說（或者也可以稱爲較短的長篇小說），另一部份則成爲《發條鳥年代記》這部相當長的長篇小說。

集中精神工作的一年過去，正好可以喘一口氣的時候，接著一種很想寫隨筆的心情卻越來越強烈。於是請講談社讓我在《本》這本小雜誌上每月連載一點東西。連載一次大約是四百字稿紙二十一、二頁左右的長度。這是我向來寫的連載隨筆經驗中頁數最多的。不過這連載持續了一年半之間，卻從來沒有感到長過。作家可能多少都有這種傾向，說起來我是屬於一面寫字一面思考的人。我常常覺得一面轉換成文字，一面做視覺性的思考往往比較容易。在這層意義上，我覺得每個月有這樣的頁數，可以廣泛地思考事情似乎很好。來到美國之後的一年之間，也許就是累積了有這麼多不得不慢慢寫出來，仔細思考的事情吧。

「再過幾年，這一帶不知道會變成什麼樣子？」一九八四年普林斯頓的計程車司機口中嘀咕擔心的事情，結果可以說被他說中了，也可以說沒說中。普林斯頓依然是一個和平而遺世獨立的美好郊外城鎮，這一點他的擔心可以說終究是杞人憂天。雖然也增加了不少購物中心和集合住宅，早晚開始出現尖峰時段交通壅塞的現象，不過城鎮本身的結構幾乎沒有改變。但是包括這些在內的美國這個國家本身已經改變了，這一點他所擔心的事情似乎也成爲事實。仔細從內部觀察這個國家時，我深深感覺到不斷勝利、勝利、再勝利這種事情也很夠受的。這個國家雖然在越戰中受到相當挫折，不過確實在冷戰中戰勝了，在波灣戰爭中也戰勝了。但這樣人民就幸福了嗎？絕對沒有。人們比十年前承受更多沉重的問題。因此顯得有些迷惑徬徨的樣子。無論對國家或對個人，我想或許在到達某個階段時挫折和敗北還是必要的。可是現在有沒有任何國家可以提供美國明確而強有力的價值觀呢，沒有。在這層意義上，現在一般美國人所感到的深刻疲憊感，和現在日本人所感到的惶惶不安、心情不悅，我想可能互為表裡，正是一體的兩面。說得簡單一點，就是擁有明確理念的疲憊感，和沒有明確理念的惶惶不安，這麼回事。從今以後這種辛苦的選擇，對我們日本人來說，或許將帶來很大的意義。

我在寫收在這裡的這些文章時，藉機會對各種事情做了一些思考。不過很遺憾大多的情況幾乎都沒有獲得什麼結論，這並不是一本「只要閱讀就能順利了解美國」的有效實用書。不過如果能有一點「補充」幫助的話，以作者來說，就覺得非常欣慰了。

一九九三年十二月於波士頓

禁止攜帶酸梅便當入場

一九九二年的波士頓馬拉松在四月二十日「愛國日」那天舉行。繼去年之後，我是第二次參加這個著名的馬拉松大會的跑步。春天的波士頓、秋天的紐約市，這兩個馬拉松大會，對我來說是美國生活中最大的樂趣之一（之二）。因爲日本電視也經常做實況轉播，所以我想可能有很多人看過，不過波士頓馬拉松和一般有折返的來回路段跑法不同，而是和紐約市的馬拉松一樣，屬於從一個地點跑到另一個地點的單程路線跑法。出發點在波士頓郊外一個叫做Hopkinton的小城，終點在波士頓市中心。而且在跑完三十公里左右之後，在你開始心想快要接近終點時，就可以看到波士頓的名勝地「心碎丘」（Heartbreak Hill）。雖然這地名有一點誇張，不過實際跑起來時，不是開玩笑眞的是很陡峭的斜坡。雖然翻越山丘本身並沒有多辛苦，不過在越過之後反而辛苦。因爲只要翻過、克服這個山頭之後就沒有其他斜坡了，所以這個斜坡務必要耐著性子熬過去，一面這樣鼓勵自己一面鼓足勇氣爬上坡道。而就在剛剛喘過一口氣，哇，心想接下來只要一路跑過平坦的路面直達波士頓市中心就行了時，不料像埋伏在那裡似的疲勞感竟突然咚的一口氣壓過來。

這疲勞感，以人來打比方，就像四十歲的厄年一樣。越過了二十歲代、三十歲代之後，總算要鬆口氣時，卻忽然咚的來個措手不及（話雖這麼說，沒經驗的人恐怕無法理解）。進入市區之後稍微緩和一點的斜坡——那斜坡不管坡度或距離，都無法跟「心碎丘」相比——感覺卻像拷問一樣的難熬。去年是這樣，今年還是一樣。尤其今年從一開始起跑氣溫就逐漸上升，體力的消耗相對激烈。時間也比去年慢了七分鐘，總共跑了三小時三十八分。因爲道路狹小，每年從出發地點開跑時都非常擁擠，從起跑的號聲響起開始，到實際跑起來就要花掉五分鐘以上，如果把這個算在內的話，對我來說還算是馬馬虎虎的時間。

不管怎麼說，總之我們從波士頓搭上跑者專用的巴士到起跑點的城鎮。然後在這裡等待起跑的號聲。人口大約兩千五百人的郊外小城，從美國各地、甚至世界各國忽然湧進八千人左右的熱心跑者，這些跑者在兩三小時之間充滿了城裡。可以說名副其實的節慶熱鬧氣氛。Hopkinton這地方說起來是一個美國到處可以看到的都市近郊的住宅區，從外地人的眼光看來，沒有任何值得特別一書的地方。有一所教會、一所高中、一個消防署、一條短短的主要大街。街上有加油站、酒吧、房地產仲介公司、花店。大街到了盡頭之後，接著就是一排排有庭園的獨棟花園住宅無止盡地延伸出去。花園住宅看來都整理得很好，草坪也修剪得很漂亮。不過那裡也沒有任何足以刺激想像力的可看要素。既沒有引人側目的豪宅，也沒有引人注目的骯髒房子。簡直就像以不引人注意，當成人生最高美德似的，排列著這樣的房子。如果不是因爲從波士頓市到這裡正好二十六英里（四十二公里）這樣單純的理由，因此被選爲波士頓馬拉松的出發點的話，這個叫做 Hopkinton 的小城恐怕除了當地的居民之外，不會引起任何人注意吧——或許這本來就是這個小城的希望也不一定——只是像在打瞌睡似的繼續存在著而已。

但偏偏被選爲波士頓馬拉松的出發點，就因爲這個原因，我終於有機會連續兩年仔細觀察這個和平的小城。

去年我參加波士頓馬拉松時，美國正在熱烈地進行波斯灣戰爭。到美國任何地方去，都可以看到醒目的黃絲帶、星條旗和愛國口號。猛一看好像很和平的 Hopkinton 小城也不例外。教會附近的住家庭園裡停放著一輛克萊斯勒的報廢車子，引擎蓋上用白色油漆寫著“SADAM”。然後旁邊放著一把鐵鎚。把這傢伙想成是伊拉克總統海珊，請你可以盡情打擊他的意思。打一次一塊錢，所得的基金據說是要當作城裡青年的獎學金。

不知道是誰想出來的餿主意，不過這創意似乎很管用的樣子，就我所看到的，就有幾個像是城裡的居民，付了一塊錢拿起鐵鎚來，使勁往車子敲打。雖然這和格調高雅的波士頓馬拉松起點說起來好像不是很相應的情景，不過因爲是在「戰時」，我想這也沒辦法吧。

但是既然波斯灣戰爭已經結束，我想今年這種事情大概已經停止了吧，再度來到Hopkinton來一看，很驚訝的是今年同一個地方還停放著同樣的車子。令人懷疑是不是同一輛車子，那兩輛車子的形狀和破舊扭曲的樣子都很像。不過被敲打得那麼厲害的車子應該已經無法再用了，所以可能又再調度一輛類似的不同車子來。不管怎麼樣，這次的引擎蓋上沒有寫任何訊息。只是和去年一樣車子旁邊放著一把鐵鎚而已，同樣掛著「敲打一次一塊錢」的牌子。收集所得的錢將充當獎學金。一個馬拉松跑者問站在旁邊的老伯說：「這是日本車嗎？」老伯像被問倒了似的一時語塞，才回答：「不……嗯，這不是日本車。」而且至少在我看著的時候，沒有一個人在那輛沒有訊息的破車子上付一塊錢用鐵鎚敲打車子。因為用鐵鎚敲打車子終究只是為了紓解緊張而已，我想並不需要什麼特別的名目，不過雖然如此，還是需要有某種動機才能比較起勁吧。

假定那引擎蓋上寫著“Japanese Car”的話，那麼或許會有幾個人付一塊錢拿起鐵鎚來敲打，也許沒人這麼做也不一定。因為那只是假定而已，我什麼也不能說。不過雖然如此，在某家住宅庭院前面，一直靜靜等待某人用鐵鎚來敲打自己的那輛老爺車，似乎散發著某種不祥的暴力氣息。裡面存在著一種不成語言的，不成具體訊息的某種沉重東西似的。旁邊那位老伯，對那位路過的馬拉松跑者的問題也無法立即斷然回答：「不，這不是日本車，」而終於還是停頓了一下才說：「不……嗯（欲言又止）。」我推測其中可能含有「不過這如果是日本車的話也不奇怪」的意識在內吧。那欲言又止的話，才正是沒說出來的話，沒寫出來的訊息。

常常聽人家說，美國人的敵對意識對象，在這一年之間從海珊轉變成日本經濟了。不管從任何新聞媒體看來都可以清楚看出這轉變來。報紙上充滿了譴責日本和日本人的投書和評論。可是美國人（除了少數從事汽車產業的人之外）現在並沒有拿起鐵鎚來準備敲打日本車。就像麻塞諸塞州的 **Hopkinton** 小城的一般居民一樣，他們只聽取著空氣中悄聲沒說出來的言語，閱讀著沒有寫出來的訊息而已。

話雖如此，我在美國直接具體遇到「身為日本人」的討厭事情只有一次而已。我在夏威夷火奴魯魯的 **Avis Rent A Car** 租車，因為煞車性能不好而去換車時，那裡的服務人員竟然說：「你是日本人吧，一個外國人到人家的國家來還神氣什麼？」可是車子煞車不靈跟我是不是日本人沒有任何關係，竟然這樣說，我也很傷腦筋。從此以後我盡量不去 **Avis** 租車，不過那已經是五年前的事了。跟這次反日情緒的高漲沒有直接關係。

我所住的普林斯頓城是一個以大學為中心的安靜高級住宅區，大部分居民幾乎不是有錢人就是知識份子，或有錢的知識份子，因此沒有什麼眼睛看得見的直接反日意識。不過在稍微有一段距離的 **Trenton** 市近郊有ＧＭ工廠，這裡因為大幅度縮減工時而裁掉了許多勞工。確實有人用鐵鎚敲打日本製車子。在一號國道路邊的 **Toyota** 汽車經銷商前面，就曾經聚集一群汽車工廠上班的勞動者舉行支持美國的聚會。因此並不是完全沒有這種傾向。不過那也沒有波及到這安靜而清高的普林斯頓城裡來。這城裡有很多各國名車，包括Mercedes-Benz、Porsche、Lexus、SAAB、Volvo、Jaguar、BMW等到處可見。其他地方應該很少有這麼多外國車子吧。所謂支持美國似乎也不能喊得太大聲。

到目前爲止我在這個地方所看到的反日訊息，說來只有像本頁圖A的「打擊日本」（Japan Busting）的貼條。這貼在相當老舊的大型美國車的後保險桿上。我開著車子在我家附近的路邊等紅燈時，這輛車就停在我的車子前面。剛開始我還沒有充分理解到那是什麼東西。因爲中央的紅色圓形太小了，所以那看起來與其說是日之丸國旗，不如說看起來更像酸梅便當。本來應該像圖B那樣才行的。那樣就會變成一個儼然“Stop Japan”的感覺了。可是這看起來卻頂多只不過像「禁止攜帶酸梅便當入場」而已。我想這張標籤的製造者，顯然不太清楚正確的日本國旗應該是什麼樣子，只想到「總之在白底上畫一個紅色圓圈就行了吧」而隨便大概作出來。這種大概的地方要說有點奇怪，也不是不

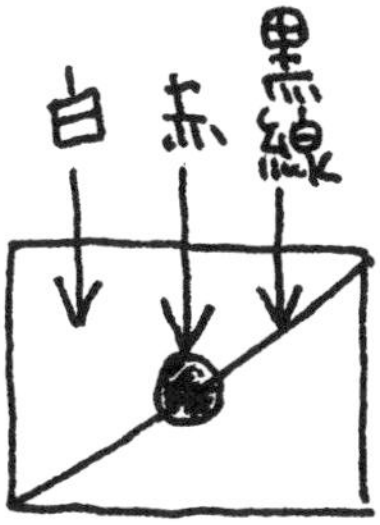

図A

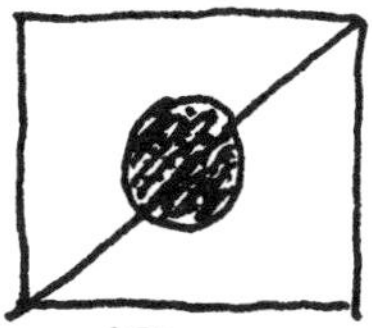
図B

能說奇怪。至少比像圖B的貼紙看起來多少有一點幽默感是眞的。不過不管怎麼樣都不太舒服就是了。

說到「有一點奇怪的事情」，去年的十二月七日珍珠港事件紀念日，有一位專欄作家安迪．路尼（Andy Runy）（他的專欄集在日本也有譯文，所以可能有不少人知道他的名字）寫了一篇不可思議的反日專欄。文章裡提到日本做過不計成本的汽車傾銷辦法，所以美國不妨也同樣做看看，這樣主旨的文章。

我試著摘錄一部分。

「美國政府其實眞應該付給福特、克萊斯勒和通用汽車補助金的。如果在日本賣出一輛車子，不妨援助他們二千五百美元。讓轎車可以用比成本更低的價錢賣出去。那麼日本每個家庭就都可以並列兩輛美國汽車，本田一定會破產吧。那麼日本市場不管願不願意都不得不對美國產品門戶開放了。」

安迪．路尼是一位有名的電視評論家，和幽默的專欄作家，不過有時候會脫離玩笑的範圍，吐露相當保守的政治信條，這也可以算是其中的一個例子吧。從全體文脈來看，就可以明白他並不是完全當作笑話在說的。實際上，如果是擁有保守信條的一般美國人讀了這篇文章的話，一定會想道：「對呀，沒錯。」而點頭稱是的。關於他所說的傾銷和補助金等等，因為我不是經濟學專家，所以在這裡姑且不作評論。不過這篇專欄我讀了覺得有趣的是，「日本每個家庭都會並列兩輛美國汽車」這部分。原文是 "two American cars in every Japanese driveway"。所謂 driveway 這用語，有從事英語翻譯的人一定曾經頭痛過一兩次，這往往被翻譯成「門口停車處」。換句話說就是指從路邊彎進自家大門之間，設在前庭的車道。沒有車庫的人家，就可以把車子停在這裡。當然日本是沒有這種空間的，所以也沒有和那相應的適當翻譯語言。不管前庭也好，後院也罷，擁有能停得下兩輛美國汽車並排空間的家庭，在日本（至少在都市近郊）幾乎不存在。應該有誰去招待安迪·路尼來日本，讓他看一看日本並沒有像美國那樣寬廣的車道，向他說明那也是美國汽車在日本賣不好的原因之一。不過如果這樣說的話，也許一般美國人會更生氣，認為「連 driveway 都沒有的國家，為什麼非要製造出那麼多汽車來不可呢！」如果要這樣說的話，那麼我一定也會沒辦法說明而大傷腦筋吧，我想。

眞傷腦筋。

在如此這般的一年之間，美國人對日本感情忽然惡化下去（這一、兩個月還算是稍微好一點了），常常有日本人問我：「住在美國一定很不容易吧？」前幾天我跟正在賓夕法尼亞大學讀書的日本女生見面談起來，她問我：「我小時候在美國住過一段時間，回到日本之後也一直很偏愛美國，可是這次再來美國住以後，覺得還是喜歡日本。村上先生您覺得呢？」

不過被這樣問起時，我也不知道該怎麼回答才好，眞傷腦筋。因爲我眞正的感想是，不管住在日本也好，住在美國也好，生活的基本品質，說起來幾乎沒有太大的差別。當然年齡和立場不同，情況也會有所改變。尤其年輕時候如果住在國外，容易受到各種外在的影響，心應該比較容易動搖。我想這也是很自然的事情。年輕就是這麼回事嘛。不過以我個人來說，不管住在美國或住在日本，生活的態度並沒有什麼太大的改變。美國也有一些令人不愉快的無聊傢伙。有令你火大的事情。當然也有眼睛看不見的種族歧視。有因爲語言不太通而產生的誤解和焦躁。有些傢伙神氣驕傲，有些傢伙頑固不靈，一點也不肯通融。有人扯別人的後腿汲汲鑽營。如果跟這些人扯上的話，當然會惹來不高興。不過仔細想想，同樣的事情，在日本也以同樣的比例與頻率照樣發生。仔細想想，我用日語溝通時也沒辦法完全通而往往大傷腦筋。在日本又怎樣呢？——正如各位所知道的——無聊的人也相當多。如果無差別地各抽出一百個美國人和日本人來仔細調查的話，無聊的傢伙、傲慢神氣的傢伙、光說別人壞話的傢伙所佔的比例，兩組之間我想像可能半斤八兩不相上下。親切的人、有趣的人的比例想必也相當類似。

當然說到身爲日本人，在美國生活可能不太容易時，確實說得沒錯。不過在日本時，照樣有許多不同種類的互相歧視，有 discrimination 。我在當小說家之前，曾經在東京經營過喫茶店兼酒吧之類的店，那時候遇到過許多不愉快的事情。到房地產仲介公司想找房子租時，對方常常說：「啊，你是作餐飲業的。不行不行，我們不能提供房子給這種行業的人。」等到當上小說家之後，也遇到過同樣的情形。我去找房子時，對方竟然說：「除非在股票上市公司上班的人，否則我們不租。」跟歷史上外國人（非日本人）在日本受到歧視的強烈程度比起來，或許微不足道，不過這畢竟還是不折不扣的歧視。而且什麼是歧視，唯有站在實際受過歧視者的立場否則無法體會。

在人生歷程中經驗過幾次這種事情之後，我想對於「還是日本比較好」或「美國比較好」這種二選一的看法，就變得逐漸淡薄了。當然如果我年紀尚輕的話，也許會這樣想也不一定。不過我已經不那麼年輕了，對事情的看法已經被訓練得比較實際一點，或者說比較會懷疑了。如果被問到：「住在美國生活很辛苦吧？」，我只能回答：「不過住在東京生活也很辛苦啊。」雖然我明知道對方並不期待聽到這樣的答案。

後記

然後又過了大約兩年之後的現在，打擊日本的傾向表面上似乎已經相當減弱了，說起來人們反而對德國的新納粹問題顯得比較關心。雖然德國人很憤慨地說：「美國人一跟你碰面就光會提出新納粹的問題來。那種事情在德國整體來說只不過是很小的一部份而已。」不過這好像風水輪流轉似的。許多報導提到日本正陷入景氣衰退中，也完全聽不到日本企業在美國買房地產的話題了。這跟日本製汽車的銷路現在正停滯不前，全美汽車銷售冠軍已經由原來的

Honda Accord變成Ford Taurus了，使得美國人的自尊心總算稍微恢復了一些可能也有關係。

不過皇太子的結婚，跟這個又是兩回事，我感覺對美國社會所造成的大衆傳播公共效應似乎也相當大。尤其小和田雅子小姐個人對一般美國人的影響力竟然出乎意料之外的強。她是哈佛大學畢業的知識精英份子這件事情當然是一大話題，不過她的個性中或許也有某種吸引衆人的東西吧。本來有關皇室的報導在世界各國總是令大家著迷的，不過我重新感到偶像崇拜現象影響力的強烈。覺得凡事都好像會往意外的方向發展下去似的。

大學村清高主義的興亡

我住在日本時原則上是不訂報紙這東西的，不過來到美國以後不知道爲什麼卻訂了兩份報。一份是*Trenton Times*的地方報紙，這是紐澤西州的州都Trenton所發行的。普林斯頓離Trenton開車大約只要二十分鐘左右，所以我們家附近所發生的事情大多都涵蓋在這份報紙的報導範圍內。一星期之中有四天左右一版頭條是火災或交通事故，可見是地方色彩相當濃厚的報紙，實在不能算是適合知識份子（借用美國前副總統丹・奎爾的用語，也就是所謂「文化精英」）的報紙，不過經常可以看到一些讓你啞然「這是啥玩意兒？」似的怪事。而且有關地方上細微事件的處理方式也相當有趣，我來到這裡以後一直愛讀著。閱讀這份報紙時，對那邊普通一般美國人的生活模樣逐漸了解起來。和日本的「朝日」和「讀賣」比起來，要生動活潑多采多姿得多了。坦白說，我因爲是「從日本來到普林斯頓住的小說家」，竟然也被這份報紙的頭版登上頭條新聞過。這種事情就可以上一版頭條，所以其他也就可以類推而知了。普林斯頓發行的地方報紙有一種叫做*Princeton Packet*，這家報社辦公室就在我家前面一點，不過這份報紙有一點過分報導附近地方新聞的傾向，所以我沒有訂。老實說這家報社也採訪過我。

除了*Trenton Times*之外，我訂的另外一份報紙是，大名鼎鼎的*New York Times*。本來每天每天閱讀《紐約時報》實在有點辛苦，所以我只訂了周末版，換句話說只訂了星期六和星期日派送的報紙。這倒是個相當方便的制度，一到周末就會有塞滿了新書評論、電視節目導覽、休閒和藝術指南等等厚厚的沉重的星期日版本，簡直就像被遺棄的孤兒似地砰一聲丟到你家門口來。內容豐富，如果要仔細閱讀的話會花掉你半天時間。我想《紐約時報》確實是一份提供信賴度頗高新聞的傑出報紙，不過對於像我這樣一個不是專門研究政治和經濟的人來說，光有周末版的資訊量大概就已經足夠了。不夠的部分可以從*Newsweek*和*Time*的報導來概略了解。其實——不過這純粹只是我個人的意見——像《紐約時報》這樣一本正經的報紙，要是每天閱讀的話一定會腰酸背痛得不得了。

不過我所認識的普林斯頓大學有關人士，大家都訂《紐約時報》每天閱讀。竟然沒有人訂*Trenton Times*，我說我有訂時，大家都一副很驚訝的眼神看著我。而且我說我沒有訂《紐約時報》，大家的臉色就更奇怪了。而且會馬上改變話題。訂購地方報紙，這件事在普林斯頓大學村（這種表現方式和這個地方眞是非常貼切）好像不是很值得獎勵的事情。尤其《紐約時報》只訂周末版，卻每天閱讀*Trenton Times*，在這裏被視爲相當不可思議的生活態度。說得極端一點，以態度來說是不正確（不對）的。

其他和這類似的事情——話題從報紙扯到很遠——關於啤酒也一樣。依我看來，普林斯頓大學的有關人士似乎大多都喜歡喝進口啤酒。如果喝Heinekens、Guinness、Beck's之類的話，就被視爲「正確的」。可是如果你喝美國啤酒，像波士頓的Samuel Adams或舊金山的Anchor Steam之類的話，因爲不是一般的品牌因此被容許。波士頓和舊金山的地方特色也會成爲評價的對象。學生們比較常喝便宜又通俗的滾石（Rolling Rock）。據說以前在東海岸不容易買到Coors，因此成爲大家愛「收購珍藏」的名品牌，最近也容易買到了，所以評價也降低許多。日本製的啤酒以數量來說算少數，所以當然也就成爲收購珍藏的品牌，不過實際喝的人並不太多。不管怎麼說，喝這些品牌倒是沒問題。

不過如果你喝Budweiser、Michelob、Miller、Schlitz等的話，人家好像還是會覺得怪怪的。我也不太喜歡甜甜的美國啤酒，說起來我還是比較喜歡歐洲的啤酒，不過例外的是我也很常喝Bud Dry。我覺得如果辣一點應該會更好，不過客觀說來這種啤酒做得不錯，而且跟壽司確實也很搭配。不但連續喝都不會膩，而且更重要的是價錢也便宜。六罐裝的只要五百日圓左右就買得到。味道不錯。可是我遇到一個教授閒聊起來時，順口提到：「美國啤酒之中我最喜歡Bud Dry，常常喝呢。」結果他搖著頭一臉傷心的樣子。他說：「我也生在米爾瓦基，所以聽到有人讚美美國啤酒當然很高興，可是……」接下來話就含糊帶過了。

換句話說像 Bud Dry 或 Miller 之類電視上大量打廣告的啤酒，主要是以勞動階級爲對象的，大學人士、學究應該喝比較有品味的、高智能的啤酒才行——也可以說人家期待你喝這種。像這樣，從報紙到啤酒的品牌，任何東西在這裏都明明白白區分成什麼是對的，什麼是不對的。

我想日本的大學社會可能多少也有一些這種沉默的不成文規定。不過我想應該沒有這麼明顯的制度性傾向存在吧。我對日本大學人的生活不太了解，不過在我的印象中日本對於像「大學人應該如此」的規範好像比美國淡薄的樣子。有一位教授是《東京體育報》的愛讀者，喜歡職業摔角、隧道二人組（Tunnels）和日本燒酒，只聽演歌，這應該沒什麼問題吧。當然也許會覺得有一點奇怪，不過我想周圍的人應該不會因此而皺眉頭。應該不會因爲這個原因而影響他的前途，也不會威脅到他在社會上的地位。說不定反而因爲「這個人不像大學教授，很有人情味」而受歡迎也不一定。在這層意義上，或許可以說日本的大學比較大眾化，而且日本的大學教授也已經相對上班族化了。

不過在美國這個國家（至少在東部的有名大學）如果喜歡喝 Budweiser 啤酒，是雷根總統迷，讀過史蒂芬．金所有小說，客人來的時候會放肯尼．羅傑斯（Kenny Rogers）唱片的老師——因爲沒有實際例子只能靠想像——也許周圍的人都不太會理他。不理他的意思，就表示不會招待他到家裏來，或到他家去作客，把他排除在大學社會的交際圈外，這樣一來實際上要在大學裡生存下去，除非你是一個成績相當優良的傑出學者，否則恐怕很難。從這個見地來看，美國這個國家比起日本來，我覺得整個社會好像更重視階級和身份似的。

「換句話說，美國的大學人，說起來其實是從社會孤立出去的存在。」有一位美國人這樣告訴我。「他們的存在眞的很特別。大學這個地方是跟一般社會完全不同的世界。也就是說像大海中的一座孤島一樣，所以他們爲了保護自己的身體，不得不明確地訂出只屬於他們自己的規則。而且如果有人打破這個規則的話，這種人多少都會被排斥。」我不知道他所說的是不是百分之百對，不過我想這的確有一部份道理。

所以電影他們喜歡歐洲電影，音樂喜歡古典音樂或知性的爵士樂。汽車喜歡不太顯眼的款式。在校內的停車場幾乎看不到閃閃發亮的新車。穿衣服也喜歡盡量不穿看起來很新的。我甚至覺得他們如果做了新西裝，也許會每天在家裏先穿上一個月左右，等稍微穿舊一點變形之後才穿到學校去。英語中有一句"keep a low profile"的表現法，意思是「凡事保持低調」不要太招搖。眞是非常符合普林斯頓大學生活的一句話。八〇年代的閃閃發亮主義，並沒有來到這個大學。

總而言之有很多規則。剛開始還不太了解，不過在大學社會住久了之後，這些細微的地方自然就漸漸明白了。這是對的吧，這是不對的吧，大概也都會有個譜。

我在還沒有來到這所大學以前，對這些事情並不太了解，所以在家裏和出外都喝 Bud Dry 啤酒。最近在家裏悄悄地喝 Bud Dry 啤酒，外出的時候則會小心地喝 Guinness

或Heinekens。爲了準備有客人來的時候臨時需要，冰箱裡也經常預先冰著非美國製的啤酒。要當一個知識份子似乎還相當累的樣子。這可不是諷刺噢。

不過我在這家大學就像客人一般，又因爲是作家，所以大家對我都很寬宏大量的樣子。由於有點脫離大學社會的階級體制，因此就算生活態度多少有一點不正確，人家有時候也會想「啊，他是個作家嘛」而原諒我。說起來作家在美國大學裡，或許被放在像高級生物標本一樣的位置吧？彷彿「有了這種東西，大學也許色彩會變得比較豐富，學生也會比較高興」。

不過心裡一面想著「這是對的，這是不對的」一面過日子的生活，有時想一想也很不錯。尤其是從日本這樣一個「什麼都有」唯獨沒有原則的快速變化社會來到這裡，反而覺得並非沒有某方面鬆一口氣的感覺。不必多想什麼，總之只要在細微末節的地方都做對，就萬事ＯＫ了。總之只要訂《紐約時報》就行了，總之，只要訂*New Yorker*就行了（我看周圍有很多人好像只訂卻沒讀）。總之只要聽歌劇就行了、總之只要閱讀馬奎斯、石黑一雄和譚恩美，總之只要喝Guinness啤酒就行了。可是在日本卻沒有那麼簡單。例如聽歌劇已經不流行了，現在流行看歌舞伎喲，無論如何都會變成這樣。資訊還沒咀嚼就急著先吞下，感覺領先於認識，批評領先於創作。我並不是說這樣不好，不過老實說眞的很累。雖然我這個人向來跟這些尖端風潮的競爭不太有關係，不過光從遠遠看著那些神經質地活著的人的姿態就已經很累了。這完全可以說是文化上的燒田農業。大家集合起來一起把一塊田地燒光以後，又一起遷移到另一個地方的下一塊田去。走掉以後有一陣子連草都長不出來。本來擁有豐富而自然的創造性才華的創作者，應該是花很長時間慢慢地在自己的創作領域腳底挖掘下去深耕才行的人，念頭裡卻只想著怎麼樣才能夠不被燒掉還能生存下去，或只想著怎麼做看起來才比較好看，不得不這樣活動，這樣活著。這不叫做文化上的耗損，又該叫做什麼呢？

想到這裏，我覺得不管是保守性也好，制度性也好，階級性也好，如果日本也有像這普林斯頓村似的「總之在這裡只要這樣做就行了」的話，日本的文化人應該也可以輕鬆多了。只要末端地對應、適度配合某種典型，然後其他事情就可以依照自己喜歡的步調去做。當然在紐約的最前端也和日本一樣細微地進行著末端競爭，不過那畢竟只是例外的一部份而已，並不像日本那樣，全國大眾都被大量失禁的資訊氾濫所擺佈搖盪。一般美國人不太在意紐約正在流行什麼，洛杉磯正在流行什麼。我覺得社會上某種程度還是需要有一部份像這樣能夠完全抹殺流動性、感覺性，而能始終淡然地我行我素的人。

其次我來到普林斯頓之後覺得很愉快的事情是，大家除了不得已的情況之外，幾乎不談錢的事。在這裏大家的話題中非常難得談到錢。反過來說，在日本的時候大家似乎老是都在談金錢的話題。在日本，人家動不動就會提到：「村上先生的書很暢銷，是有錢人，所以怎麼樣……」話雖然沒錯，不過老實說，太多管閒事了。我開的是1600 cc的小汽車，卻有很多人對我說：「村上先生很有錢，何必開這樣的小車，要不要買貴一點的車？」不過這是我的自由。我並不是討厭貴的車子，不過我想現在這輛就行了，我開得很開心，所以別人沒有理由囉哩囉唆的。

這方面像普林斯頓那種「錢？對了，這麼說來世界上還有錢這東西啊」似的，snobbish的清高氣氛，眞的讓你很輕鬆。這不是僞善嗎？世界上不可能沒有人不想錢的事情吧，如果要這樣說的話確實也沒錯。不過在這裏大家實在太不談到錢了，令人覺得那是很自然的事情似的。生活在那樣的環境中，一面冷眼旁觀別人追求著物質上的營利，一面固執地堅持「這個世界並不是一切都以錢在推動的。我們擁有比那個更重要的東西。」這樣堅持地活著，我忽然想到這難道不是知識份子應該有的使命，應該有的樣子嗎？

結果，不管從好的意義或壞的意義上來說，日本所謂的知識階級幾乎都已經解體了。戰後不久這種東西有一段時期某種程度還以組織系統維持力量，但是隨著共產主義、音樂咖啡廳、純文學等的消滅，彷彿互相呼應一般，不知不覺之間也悄然消失了。一旦知的階級性消失之後，所謂階級性的清高主義（snobbism）這東西也就失去存在意義了。留下來的東西，說起來只剩下階級性清高主義的殘存記憶，以「柏林圍牆」式的商品，向大眾切割零售的巨大流通、資訊資本而已了。

但是從社會的大眾化、平準化才是歷史的潮流這樣的觀點，來比較美國社會和日本社會的話，「已經變成這樣」的日本無論好的方面壞的方面，我覺得以歷史來說都好像進步了好幾個階段。麥克阿瑟將軍在第二次世界大戰之後所推行的階級制度解體作業的結果，經過兩個世代可以說終於露出全貌來了。試想一想，在美國大學裡所謂知性的清高主義，或許只不過是階級社會的最後垂死掙扎而已。像這種知性的特殊社會，在美國國內今後還能生存多久，誰也不知道。一般預料除了少數例外可能遲早都會消失。也可以說美國這個國家已經在喪失能夠讓這樣的社會勉強維持為一個社會的「餘裕」了。事實上整個美國大學的經營，都已經面臨相當困難的局面了。像哈佛大學、普林斯頓大學、麻省理工學院等超級精英大學情況還不很嚴重，可是據說一般大學的財務狀況都已經漸漸陷入困境。他們逐漸削除效率較低的講座，並且悄悄進行教師和職員的裁員動作。在美國大學裏以前只要取得 tenure（終生雇用權）就可以安心了，可是現在不管你有沒有取得 tenure，如果連這個學系都被根本拔除的話，一切也都免談了。實際上我就聽過幾個這樣的例子。這麼一來，不管你多拚命努力堅持到底，像現在這樣想維持「武士吃不飽，也要顧面子」式的知性清高已經越來越困難了。也有人說美國知性生活樣式本身就已經從根本逐漸動搖了。

像這樣，美國大學遲早也會像今天的日本大學一樣逐漸大眾化、平均化下去，像普林斯頓大學、哈佛大學那樣，雖然可以稱為孤高的城堡，但那體質也可能會產生巨大的變化。而且大學的學究性、非世俗性氛圍也將逐漸淡薄下去，變得更重效率、更加深大量生產的色彩也說不定。這就是所謂的趨勢，也許是任何人的力量都不可能抗拒的吧。不過畢竟這所大學讓我暫時設籍安身，成爲大學村的一員生活其中，希望盡量不要變成那樣的想法竟在不知不覺間逐漸增強。不管這樣的大學多麼被稱爲精英，不管它是一個多麼孤立的世界，我都會想到：「這個世界上某處還留下一個像這樣與世界隔離的孤立社會也不錯啊。」雖然明知這是成立於不平等性和階級性之上的特殊世界，但仍不免要這樣想。竟然會這樣想（這種事情說出口的話，從前可能會被稱爲反動而被糾舉彈劾的。不，現在還是一樣。）也許是因爲我也年紀大了。或者我在這裡終究還是個旁觀者的關係也不一定。

後記

因為現在我已經住在波士頓了，所以訂的是《波士頓環球報》（*Boston Globe*），主要喝的啤酒是 Samuel Adams。這種 Samuel Adams 秋天出品的，有點黑的 "October Fest" 是我的最愛。

從普林斯頓搬到劍橋來之後，覺得這邊還是比較屬於都市。在普林斯頓提到大學的時候，就只有普林斯頓大學一家而已，但在這裡卻有哈佛大學、麻省理工學院、波士頓大學、Tufts

大學、麻州大學……等數不完的大學。所以就算屬於大學，也不像在普林斯頓那樣，完全感覺不到獨立的「大學村」。因為沒有交往對象，所以要說輕鬆是很輕鬆，要說無聊也很無聊。

住在普林斯頓的時候，周圍住的都是一些三十幾歲的年輕 faculty（大學教職員），因此一有時間大家就會聚在一起在院子裡一面烤肉、喝啤酒，一面聊各種事情。電視播出《雙峰》（Twin Peaks）最後一集的時候，我們號稱開了“Twin Peaks Party”……不過只是預備了大堆的甜甜圈和大量咖啡一面熱鬧聊天，一面一起看節目而已。總之聚在一起開家庭派對，似乎是村子裡唯一的娛樂（因為真的沒有其他娛樂）。所以在普林斯頓倒是交了不少朋友。如果做的菜有多的，就連鍋子一起帶到鄰居家去分享。可是在波士頓卻沒有這種事情。跟在東京時沒有太大的不同。

總之打算在這裡暫時過一段悠閒的都會生活，至於像普林斯頓那樣的生活已經相當難尋了。

美國版團塊世代

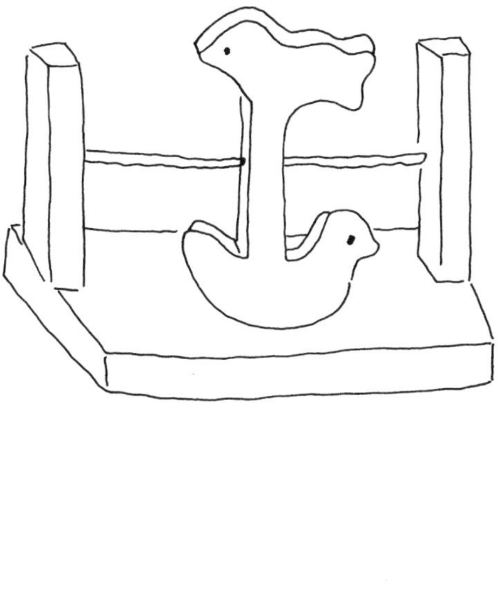

前幾天收到住在賓夕法尼亞州的辛西雅．羅斯女士寄來晚餐的邀請函。從信的內容知道，辛西雅其實是史考特．費滋傑羅的孫女。史考特和潔達所生的唯一孩子斯高迪．費滋傑羅的女兒（斯高迪已經於幾年前去世了）。她聽人家說，我在翻譯費滋傑羅的小說，覺得很有興趣，於是特地招待我。信上說，讀過兩本翻譯成英文的小說大作覺得非常有趣，這裏雖然有一點遠，不過如果您能光臨的話，我將感到非常高興，歡迎週末到這裏來住，好好地玩一玩。

這位羅斯太太到底是什麼樣的人，在做什麼工作，我完全不知道，不過可以和費滋傑羅的孫女見面是一個難得的機會。我寫了一封當然樂意拜訪的回信。幾天之後辛西雅直接打電話來，仔細告訴我從普林斯頓到她家去的路怎麼走法。我過去曾經在電話上聽過幾次人家描述的路線指引，不過她的路線指引超越了英語和日語的隔閡，總之是容易懂得驚人的地步。既簡潔又得要領。非常懂得說話的先後順序。以一句話來說，就是「說話明快的人」。原則上我向來不相信女人的路線指引（歷經多次慘痛經驗才得到這樣的結論），不過她卻是個大例外。

但是為了慎重起見，我說萬一迷路的話，還是預先問清楚地址比較好。因為我收到她的信上，只有寫著村名和路名而已並沒有寫幾號。我問她幾號，她笑了起來。「這裡本來就沒有號碼啊，因為建在這條路上的只有我們一家而已，沒有那種必要。總之你來了就知道。因為你一定不會找不到的。」

「原來如此。」我雖然這樣回答了，不過總是不太明白話中的意思。說是路上只有一戶人家，腦子裡也無法立刻浮現那具體形象來。

「老實說，我家是很鄉下的農場。」她說。「周圍眞的什麼都沒有。總之是一點都不時髦的居家生活。所以我無法想像我祖父所描寫的那種優雅生活。我們家有兩匹馬、兩頭山羊、兩隻狗、一隻貓。這樣的地方你也願意來嗎？」

「當然。我最喜歡動物了。」我回答。

史考特．費滋傑羅生於一八九六年，相當於日本的明治二十九年。女兒斯高迪生於一九二一年，史考特二十五歲時，以日本的說法是大正十年。這麼說來，大概可以說史考特相當於我祖父的世代，斯高迪相當於我父母親的世代。我父母親都生於大正的後半期。那麼，從常識上來看，我推測這位辛西雅也許和我差不多年紀。這麼想起來，「原來如此，是這樣啊。」小小的感慨打動了我的心。

過去我從來沒有以這種世代觀點來掌握過史考特．費滋傑羅這個人。我想到史考特的時候，他對我來說一直都是「留在文學史上的前人」。我和他之間或許會有世代上的接點，這回事並沒有特別在我腦子裡浮現過。史考特在珍珠港事件的前一年，也就是一九四〇年四十四歲時，年紀輕輕就去世了，潔達也在我出生的前一年一九四八年因車禍去世。而我第一次開始閱讀他的小說時，他早已成爲傳說中的人物。因爲年輕就去世了，所以照片上所呈現出他的樣貌服飾，看來都是年代久遠的東西。可是重新計算一下年代之後，我所屬的世代和他所屬的世代，以年代來說倒是十分有關係的。正好像我和我的祖母或祖父的關係很密切一樣。我的內外祖父和內外祖母們現在都已經過世了，他們還在世的時候，我還很小，對於他們所處的歷史、社會立場和過去所度過人生的各種層面並不了解，不過我對他們擁有「祖父」、「祖母」這樣相當親密而鮮明的記憶。想到這裡，我對史考特．費滋傑羅這位作家，因而感受到過去所沒有的新的親密感。

辛西雅和路易斯．羅斯夫婦正如預期的那樣，和我們（也就是我和我太太）年紀大約相仿。也許比我們稍微年輕一點，不管怎麼說，總之屬於所謂美國版的「團塊世代」。有兩個小學低年級左右的小小孩。其實美國並沒有與「團塊世代」相對應的詞彙。雖然有“Baby Booms”戰後嬰兒潮的表達方式，不過這比「團塊世代」應用範圍廣泛得多，是第二次世界大戰後到一九六〇年之間所出生的孩子，全都包含在這“Baby Booms”廣泛範圍之中。雖然把這樣廣泛範圍的人群收入一類有一點過於籠統、可能成問題，不過總之就是這樣。相當於日本「團塊世代」的世代，明確說起來其實和描寫學生運動世代之後的勞倫斯・卡斯丹（Lawrence Kasdan）的電影《大寒》有關，所以也許可以稱爲「大寒世代」。總之，指的就是「在六〇年代熱情奔放，到了七〇年代卻冷卻下來的世代」。在日本似乎只強調「在六〇年代熱情奔放」的記憶而已，相對之下好像比較沒有提到「七〇年代冷卻下來」這部份的話題，這方面可以說是國情不同吧，試想起來倒是相當有趣的問題。

他們家在離費城一小時車程左右的小地方 Avondale，從那裏還要往更郊區走。Avondale 這地方必要的設施一應俱全，不過除此之外幾乎什麼都沒有，是這種程度的小地方。一離開短短的主要大街之後，立刻就是沒有鋪柏油的道路。在這樣的鄉村小路上依照指示的方法開車顚顚簸簸地前進時，就看到前面有一戶像農家似的房子，心想「嗯，大概是這一家吧。」開進去一問果然沒錯，正是羅斯太太的家。就像電話上所說的那樣，確實不會搞錯。周圍是一望無際的綠色農場，牛和馬正在初夏的陽光下悠閒地吃著草。可以稱得上房子的只有這一家而已。

雖然說是農場，不過羅斯夫婦並沒有在這裡經營農業。他們怎麼說都不算是農夫。他們是生在都市，長在都市的人。這從他們的服裝穿著、生活樣式、說話方式來看立刻就知道了。他們是住在大都市的高級大樓，開 Jaguar 或ＢＭＷ汽車也不足爲奇的那種類型的人。他們只不過是爲了興趣才住在農場裡的。實際上她先生路易斯就在費城的近郊上班（我推測他大概是從事某種專門職業的），在市區擁有公寓住宅。就像辛西雅在電話裏說的那樣，他們家雖然養有馬和山羊，不過並沒有在生產什麼。對他們來說重要的是「住在農場裡」的這種生活姿勢。遠離都會生活，在大自然中和平地過日子這個事實。如果要勉強分類的話，也許適合用「後雅痞」（post yuppie）這種詞彙來稱呼他們的生活樣式吧（譯註：在英文中，雅痞原來是 YUP，即 young urban professionals 的簡稱）。在雷根總統在位前後景氣繁榮「隨便你做什麼都賺錢」時代的美國，住在大都市的市中心、上高級餐廳或夜總會、開高級汽車、過著流行最尖端的閃亮生活，對美國年輕世代來說是最時髦的象徵。（想要瞭解這種生活樣式典型的話不妨閱讀布列特．伊斯頓．艾利斯〔Bret Easton Ellis〕寫的《美國殺人魔》。作品的評價雖然完全兩極化，不過以社會狀況來說，難得有這樣自我犧牲式的嘲諷性小說。因爲《走夜路的男人》雖然嘲諷，但至少不是自我犧牲式的小說。）八〇年代也已經接近尾聲，伴隨著長期的經濟不景氣，都市開始荒廢，行政效率和公共服務水準低落，犯罪頻頻發生，他們開始漸漸離開都市。最大的理由是，都市已經變成一個不適合孩子成長的地方了。既危險、教育環境又惡劣。孩子漸漸成長之後，他們就放棄住在都市，開始尋找更安全又更安靜的環境。於是到鄉下買農場，養起馬和山羊，開著四輪驅動車到處跑。

他們的「農場」面積總共有六英畝之多。所謂六英畝，換算成坪數的話，大約是七千三百五十坪。以美國的「農場」來說還不算太大，只不過是迷你又迷你的農場而已，不過以日本人的感覺來說已經是相當大了。農場的土地上有一個相當大的水池，據說這裏可以釣到一種鱸魚。我借了一根釣竿試著挑戰了三十分鐘左右，可惜一尾都沒有釣到。在我拿著釣竿的時候，他們所飼養的兩隻拉布拉多犬，就充分發揮獵犬的本能，在池子裡劈哩趴啦游來游去，追趕著棲息隱藏在草叢間的水鴨子夫婦。一面看著這樣的風景，我忽然想到這簡直就像屠格涅夫小說裡出現的光景嘛。

本來這個農場是基督教貴格會教徒所有的產業，房子在南北戰爭的時候建的。當然房子已經相當老舊了，不過因爲維護整理得很好，所以現在還十分好用。其次這棟房子到處都設有忍者老屋似的機關。各種地方都設有許多秘密門戶、秘密通道之類的躲藏地方。打開衣櫥的地板時，就有秘密階梯，可以從那裡悄悄逃到戶外去。爲什麼要有這樣的機關呢？因爲住在這裡的貴格派的教徒，在南北戰爭廢除奴隸制度以前的時代，曾經收留藏匿過被官兵追捕的逃亡奴隸。貴格教徒爲了教義中反對奴隸制度，因此收留從南部逃來的黑人奴隸，再幫助他們轉而逃往自由州或加拿大，建立起所謂「地下軌道」的秘密路線。而這棟房子也是爲了這個目的而建的，具有中繼點的轉運功能。

辛西雅在做菜的時候，路易斯就帶我們到處參觀，詳細說明這棟房子的各種由來。路易斯一面工作，一面繼續熱心參與維護這個地方自然環境的事務。如果有老舊農場可能會被轉手賣出而受到破壞，或者經由業者準備興建大批住宅時，他們就召集地方人士檢查到底是採取什麼形式，會造成什麼樣的環境變化，並召開公聽會，如果有具體問題的話，就對該開發案提出異議，展開反對運動。爲了後代設想，努力保護這個地方所留下的寶貴歷史遺產。

「這種活動非常忙碌，幾乎沒有時間休息。」他說。我想確實也是這樣。他平常的日子做自己的工作，休假時還要做費事的農場雜務，維修古老的房子，除此之外還要站在環境保護團體的立場從事活動，所以忙碌是當然的。

現在因爲經濟不景氣，過分激烈的環境破壞似乎減少了一些，就算是這樣，美國個人規模的農業以長期來說已經有衰退的傾向，所以自古以來就有的大戶農家經常都有可能轉手給某個地方的業者。因此他們必須經常睜大眼睛注意這種動向。「我們要把這裏現在所有的東西，盡量保持原來的形式留給後代子孫。把變化降低到最小限度。把自己的生活融入現在這裏的環境之中。」這是他們所追求的基本生活樣式。這裏面包含有「這才是美國的本來面目」的強烈想法。

然而，一進入農場大門處聳立著樹齡好像已經幾百年的雄壯橡木，據說其中的一根樹幹內部已經開始腐爛了，前幾天刮強風的時候嘩啦嘩啦地折斷倒下。那倒下的地方就是路易斯的Volvo旅行車經常停車的地方，正好他去旅行了，很幸運才沒有被壓到。好像是非常巨大的樹幹，砍下來當柴燒，堆起來像一座小山。旁邊那棵樹幹也同樣腐爛了，「這一棵遲早也會倒下。」他臉色難看地說。「不過這麼古老氣派的大樹要砍掉眞可惜，我好傷腦筋，眞的。」暫且不提Volvo，何況還有小孩子，那種樹如果放著不砍的話，我想一定也很危險，不過同時，說到自然保護，這個信念做到這種程度還眞不簡單，令我不得不深深感到敬佩。

晚餐的時候有幾位附近的鄰居過來。有經營地方報紙的夫婦、有退休的大學教授（他專門研究都市問題，據說還做過日本田中內閣的顧問噢。你知道，不是有所謂的列島改造計畫嗎？）夫婦、ＶＴＲ（錄影帶）作家等。這些人的新型態社區在這樣遠離人煙的平原地帶逐漸形成。他們的這種社區和既存的當地社區趣味應該相當不同吧。他們屬於知識階級，是一群知性很高的人，很多是學者或藝術家，也有從事（或從事過）專門職業的人，而且他們的中心正好被美國版「團塊世代」所佔據。他們經歷過六〇年代政治意識的高漲，其中有許多隱藏著組織能力的，或者習慣於被納入組織的。而現在他們主要關心的事情則轉向環境保護方面。過去他們的目標是反對越南戰爭，或者透過公民權運動廢除種族歧視。然而反戰已經不再是政治的主要主題，就像在洛杉磯暴動事件中所看到的那樣，美國的種族問題已經發展到沒有插手餘地的地步了。像六〇年代那樣單純信奉所謂「只要能廢除法律上的歧視、實現人種間的機會均等，一切都會順利進行」樂觀見解的人，現在可以說已經找不到了。而且他們原本是爲了討厭這種種族摩擦過熱的環境而逃離都會搬到鄉下來的。所以他們的眼光會放在墮胎問題、女性主義等女性問題上——沒錯，這還算是可能解決的歧視事項——或實現地域性的環境保護、地域性的社會正義之類的，朝向這種更少數的方向去努力。而且這裡所謂的「地域」，結果還是意味著人口大半由白人所佔有的社會。

晚餐席上因爲談到洛杉磯暴動事件的話題，於是我順便提出一個問題來請教他們看看。這個地區住有多少非白人呢？於是他們都略微面有難色的樣子。「這麼說來是有墨西哥人的社區喲。」有人想起來似的說。「雖然以社區來說不是很多人，不過有倒是有的。他們原來是來採香菇的，後來就定居下來了。因爲賓夕法尼亞可以採收到品質很好的香菇。他們還ＯＫ喲。很努力工作、很認眞。沒問題。大家在這裡都拚命工作，把薪水寄回墨西哥去。這裡不太有黑人。」然後話題就轉到香菇上去了。

我絲毫沒有要責備他們的意思。如果我站在他們的立場的話，我想實際上也可能只能做同樣的事情吧。雖然很遺憾，不過美國這個國家已經完全分成都市部分的異族群居，和郊外的白人，這兩種社會，或者也可以說是分成兩個國家。而毒品和槍這兩大病根則從根本繼續腐蝕這個國家。布希總統雖然訂立公約要徹底取締毒品，不過大家都不認爲這種政府的政策能夠產生什麼實質上的效果。這些問題以巨大的厚牆堵在大家面前，像「社會意識」之類的皮毛東西，看來是起不了什麼作用的。我甚至想到和那比起來，越南反戰運動、公民權運動之類過去最重要的事項，眞的是既簡單又容易懂。這樣想時，倒是可以想像現在美國的知識分子所面臨的兩難是何等強烈了。

還有地域性環境保護也是相當重要的問題，這本來不需要特別說的。雖然旁觀者要說：「還有比這種事情更大的問題吧。」很簡單，不過首先不妨從自己庭園的一棵樹開始做看看，自然也是一種見解。當然比說「問題太大了」而從一開始就放棄，什麼都不做要好得多了。能做的事情就腳踏實地一點一點地做下去，或許有一天就能找到突破困境的出口也不一定。跟這種美國版的團塊世代比起來，在日本我們這個世代現在最大的問題又是什麼？現在正在做著什麼呢？想到這裡不禁落入深思。雖然世上也許有很多人正在做著各種努力，也有人什麼都不做。不過以實際問題來說，和我同世代的大多數男性可能每天工作都過於忙碌，沒有辦法再做多餘的事情倒是眞的。像我就老是四處旅居，除了寫一點東西之外並沒有做任何具體的事情。所以完全沒有資格批評像路易斯和其他回歸田園的人所做的事情太過於微小。

　　不過我今後如果在日本安定下來，也想在身邊找一點自己能做的事情來做。這並不是說因爲自願當志工或從事社會活動之類的就很偉大，不做就不行。我想最大的問題在於能找到「自己能做什麼？自己想做什麼？」，換成另一種說法，也許可以說，能把自己的疑問具體縮小到什麼程度，以便能專心做好。我到美國之後見到各種人（尤其是同世代的人），跟他們談起話來之間，常常會想起這種事情。我雖然長久以來一直堅持認定「個人就是一切，跟世代沒有關係」，不過我們這個世代畢竟擁有我們這個世代獨特的特質和經驗，我想也許可以從這個層面重新思考，找出現在自己能做什麼的時候已經到了。

這個暫且不提，跟我們同年代的路易斯和辛西雅的家裏，令人吃驚的是，牆上竟然毫不造作地掛滿了辛西雅的祖母潔達．費滋傑羅所畫的畫。這些畫現在都很珍貴。下午的時間我就慢慢地看著這些畫度過。每次看著潔達的畫時，總讓我對藝術這東西的意義落入沉思。潔達的畫，多半隱藏著美好傑出的靈感啓發性。我們可以非常眞切地感覺到那在表現著某種非常重要的東西。可以知道那畫是由很有才華的人親手畫出來的。不過這些畫雖然藝術性非常高，卻沒有成爲所謂眞正的藝術作品。隔開這兩個世界的眞的只是一層薄壁而已。然而其中確實有一層隔牆。而潔達的畫則沒有越過那道牆。至於潔達的文章，或她所熱中的舞蹈，同樣也可以這麼說。史考特知道這一點，潔達（可能）也知道。所以潔達才會在強烈的無力感之中終於陷入瘋狂的世界。一方面擁有強大的才華，另一方面卻無法有效發揮出來的人生，對潔達來說，大概如拷問般痛苦吧。

路易斯和辛西雅夫婦一年前曾經受邀訪問日本。寶塚歌劇團將《大亨小傳》改編成舞台劇，爲了紀念作者而招待身爲費滋傑羅子孫的他們到東京去看公演。我問路易斯舞台效果怎麼樣。他說：「嗯，很好啊，只是有點奇怪。」這種心情我也很能體會。

後記

美國知識份子無論以任何形式，嘴上都不會提到和種族歧視扯上關係的事情。但同時不管是多麼自由的人，在 geographical（地理）上都會相當明確地觸及那歧視。這倒是很有趣的現象。例如「你可別到112街以北的地方去噢。那個區域是粗暴地區（rough neighborhood）。」他們會這樣明白地說出口。也會特地在地圖上為你標出記號來說：「從這裡以北不要去，這裡以西不要去噢。」不過結果是，從112街以北所謂「粗暴地區」的居民，有94％比方說就是黑人。這在開車經過的時候就很清楚。所以簡單說就是「從這裡以北住著低所得的（比方說）黑人，經常發生嗑藥殺人事件，所以一定不要靠近那邊噢。」不過這種說法不適當，所以把那置換成地理上的位置，以互相傳遞訊息。從那切換的若無其事乾脆明快來看，我總是不禁要思考「真的是這樣嗎？」

我在讀湯瑪斯．伍爾夫（Thomas Wolfe）的《天使，望故鄉》時，確實看到有「黑人城」的字眼出現。指的是市區專門住黑人的住宅區。這當然是指還有segregation（人種分離）制度的一九二〇年代南部的城鎮，不過我覺得很多事情好像只是換了一種說法而已。

所以在電影《旭日東昇》中，黑人刑警把日本流氓引誘到城內去，假借黑道弟兄們的手把他修理得很慘，我聽到他們說：「粗暴地區是美國的財產呢」這樣的話時，覺得一點也不好笑。

在美國跑步、在日本跑步

我在日本時，或在外國時，除非有什麼特別的事情，否則每天都會跑步，只要一找到機會也會去參加賽跑大會，不過如果有人問我，在日本跑步和在國外跑步（例如美國）有什麼不同嗎？我還是只能回答「是有不同」。當然跑步這個行爲該有的姿勢本身並沒有改變。交互伸出左腳和右腳，盡量迅速有效地把肉體往前方移動——這「跑步」行爲的基本姿勢是到全世界任何地方去都一樣的。不過對所謂「跑步」這個單純行爲提供什麼樣的人爲環境，則因爲場所的不同而產生相當大的差異。而且產生那樣差異的最大原因，不用說，當然是製造出這些環境的人們意識本身的差異。

例如假定您是一位業餘跑者。而且總是一個人在住家附近跑步也很無聊，於是想到要不要去參加一個十公里左右的賽跑以測試一下自己的能力。在日本的話，您只要買一本跑步方面的專門雜誌回來，翻開附在雜誌後面的比賽日程表查一查就行了。應該可以知道每個週末日本全國有相當多地方在舉辦路跑比賽。如果在美國的話，到各個地方的體育用品店去，就很容易可以拿到近郊所舉辦比賽的小說明書。也有像小型地方報紙那樣的賽跑特報。賽跑報名費日本大約兩千到三千日圓，美國大約十美元到十五美元左右。兩邊大多都會供應飲料和小點心，免費贈送T恤。整體說來我覺得美國稍微便宜一點，不過因爲並不是天天都去參加賽跑，所以我想金額不妨說差不了多少。

問題在於報名參加的截止日期。以美國來說，這種程度的業餘賽跑原則上是沒有什麼報名截止期限的。大多都可以當天臨時跑去現場參加。臨時參加的報名費大約比一般貴個三塊錢到五塊錢美金，依當時的情況偶爾會領不到T恤（或領不到希望的合適尺寸）。不過只要您不介意這種事情，多付個五塊錢美金沒關係，也不特別想要T恤，只要在比賽前十五分鐘到現場起跑地點去，當場繳交報名費就萬事ＯＫ了。眞是簡單。早晨醒過來想到：「嗯，今天來跑個步吧。」馬上就可以跑。

可是在日本卻不行。雖然每個大會多少有點不同，不過大多會在一個月以前截止報名。當天參加是門兒都沒有的。爲什麼這麼在乎報名截止日期呢？理由在於——必須製作選手名簿。在日本如果參加賽跑的話，在領取號碼的時候，大多會發給你所謂選手名簿的小冊子。而這名簿上會一個也不遺漏地刊登出全體參賽者的名字。我想四十二公里的全程馬拉松就不用說了，那五公里、十公里的短程賽又何必一一特地製作名簿呢？可是日本賽跑的主辦單位卻眞的一板一眼地去製作。當然要把全體參加者的名字全部確實排出來印成小冊子自然很花時間，所以截止日期才必須至少在一個月前。因此就算你決心說：「好吧，我就來參加個什麼賽跑吧。」實際上到眞的跑成爲止，還要等上一個月到一個半月左右。爲什麼非要這麼費事地去製作什麼名簿不可呢？我也搞不清楚理由何在。也許沒有名簿的話，有些參加者會抱怨說「沒有名簿還是有點美中不足」吧。就像看電影時有人一定要買「說明本事」一樣（那樣昂貴而沒有內容的「說明本事」！）。或許也跟地方上印刷廠的利益有複雜關係也不一定。

其次關於選手名簿令我厭煩的還有一個原因，就是裡面一定會明白記載所屬團體的名字。例如我就會被記載成【村上春樹・××歲・東京・無所屬】。可是瀏覽一下名簿看看，像我這樣屬於無所屬這一類的人卻不太多。其他的人大多都確確實實屬於某個團體。有人屬於「陸上自衛隊」，有人屬於「東京電力走友會」（這雖然不知道是不是眞的有，不過是例如），有人屬於「東京都廳」，有人屬於「國立愛跑會」或「西宮跑友俱樂部」。不屬於任何團體的人眞是少到寥寥可數的地步。我每次看到這名簿時，心情總會變得很複雜。而且重新深切地感覺到：「啊，我終究不屬於這個世界上的任何團體。」老實說，這種感覺實在不想在舒適晴朗的美麗星期天早晨，一次又一次地被勾起。

在美國就沒有這種名簿。你只要當場報名，領到號碼牌，然後去跑就行了。不過像波士頓馬拉松和紐約馬拉松那麼大型的賽跑，確實還是有名簿，也有一定的報名截止日期。要不然人數過多，恐怕會無法掌控。不過名簿上並沒有「所屬團體名稱」這一個項目。因爲本來就沒有「所屬團體」這樣的念頭。所謂長距離賽跑基本上是個人以個人的資格跑的運動，跟個人要屬於哪個團體，要去哪裡上班，根本沒有任何關係。當然，不用說，這樣對我來說也覺得輕鬆多了。

在美國，就我所知幾乎沒有所謂「跑友會」之類的社團。上次我到紐約中央公園跑步時，特別注意觀察了一下，在紐約跑步的人大多是一個人跑的，如果兩個人跑的話多半是夫婦或情侶的成對跑法。不像日本那樣，一到星期天大家就集合起來一起跑，跑完之後又大家一起到什麼地方去喝個啤酒，我想美國大概沒有這樣的團體吧。雖然不是說不可以大家一起跑，不過總之美國人並不採取這種方式跑。我想這大概是日本人和美國人心態的不同吧。順便提一下，我住在義大利時，就看到義大利人經常團體一起跑。星期天早晨我沿著台伯河畔跑步時，就曾經看過幾組穿著同樣制服十個人左右的中年團體。爲什麼義大利人喜歡集團跑步呢，我並不清楚理由何在。或許一個人跑的話沒有人可以講話，會覺得寂寞吧。

日本和美國的賽跑還有一個很大的不同點，就是大會儀式的有無。波士頓馬拉松、紐約馬拉松都不舉行所謂的大會儀式。不過波士頓馬拉松在起跑之前，確實有人站上設在起跑線附近的站台上，在無伴奏之下唱著 *Beautiful America*。然後開始倒數計時，鳴響起跑的槍聲。爲什麼要唱 *Beautiful America* 呢？因爲這一天是麻州的"Patriot Day"（愛國日）。不過接下來，並沒有什麼偉大人物的致詞之類的。只是大家集合起來，預備——開跑，這樣而已。可是在日本開跑以前，一定會有正式的儀式。有市長致詞、有教育委員會長致詞、有大會主席致詞、有縣議員致詞，和小學的運動會致詞一樣——仔細想想日本的路跑可能就是以小學運動會的舉辦方式爲雛形也不一定——大體都有千篇一律的無聊致詞。那種東西大家都沒有在聽。只有捧政府機關場的相關人士集合起來啪啪啪地鼓掌而已。我深深感到一跟這種事情扯上關係的話，日本賽跑的主辦者，幾乎就無法爲跑者設想了。當然我對於星期天早晨冒著寒風，淋著冷雨，站在道路兩旁維持交通秩序、供應茶水的熱心服務人員總是心存感激。跟他們不同的是，主辦單位方面上面那些人的腦子裡，有的往往是注重「表面形式」，或「體裁完整」而已。至於跑步到底是什麼樣的事情？要怎麼樣才能爲跑者提供更容易跑的環境？這種本來就應該最優先考慮到的基本精神卻相當淡薄。

幾年前我到一個叫做F的東京近郊城市參加他們所主辦的「F馬拉松」賽跑時，會前幾天市政府的職員打電話到我家裡來，說希望我在起跑時間的三小時前到起跑地點集合，要不然可能會被取消參加資格。三小時前就集合再怎麼說都太早了，於是我問理由何在，才明白原來是爲了希望大會儀式能盡量多一點跑者出席。這個馬拉松大會（正確說所謂馬拉松是四十二公里的賽跑，其他長度的應該稱爲"road race"（路跑）吧，不過算了。）因爲含有幾種距離的賽跑，因此從短距離的賽跑開始順序一一起跑。第一種賽跑在早晨九時開始，我參加的是中午過後的。因此大會儀式是在我開跑時間之前很久就開始。大會儀式照例會邀請市政府的大人物致詞，所以那時候如果人數湊得不夠多的話，主辦單位可能很沒面子。因此讓職員到處打電話到參加者家裡去，幾近威脅地要求大家提早報到集合。要說這是和平的光景也就算了，可是我深深感到日本的政府機關眞是空閒啊。在生氣之前，就先佩服了。這種情況與其說是「上意下達」，不如說是「上意下溯」吧。可是如果能設想到這個地步的話，我倒希望能爲跑者設身處地地想想看，在起跑的三小時之前就無意義地被要求趕去現場的一般跑者會有什麼感受。到底爲什麼而跑的？爲誰而跑的？至少我就再也不想參加這F市的馬拉松了。或許這個地方政府與其舉辦馬拉松不如更適合舉辦賽馬（這樣說，您應該知道是哪裡了吧）。

並不是我比較偏袒美國，不過至少如果能讓一個跑者坦白說出感想的話，有關於跑步方面，日本和美國比起來我感覺還是相當落後吧。當然站在主辦單位的立場來看的話，國土狹小→道路的使用許可很難取得→不得不向政府單位、警察低頭→所以無論如何都會變成上級主導，要看上面臉色的大會營運方式。結果獲得這樣的圖式。不過問題還不祇這樣而已。我在美國跑的時候經常能感覺到一種類似「手製的」「草根性」的味道。這些賽跑多半是由各個不同地方的小社區所舉辦的，賽跑的基本目的在增進地方居民的健康生活。或者也有所謂「防止幼兒受虐協會」的團體所舉辦、執行的。包括資金的募集到團體的活動（會發給大家「防止幼兒受虐」的T恤）。不管怎麼樣，舉辦的目的比較明顯，「本次比賽的收益……將捐給……」多半有這種確實的主張。執行上大家都是自動自發集合起來的志工，跑的時候感覺上也比較「通風良好」爽快一點。沒有特別振奮和勉強，感覺上始終只是日常生活的延長，因此可以愉快的去跑。當然日本也不是沒有這種小型而舒服的美好大會。跑起來很快樂所以每年都會想參加，這樣的賽跑日本國內也有幾個。不過這些說起來要算是例外的。日本無論如何都是地方政府——多半是市政府或町的教育委員會——帶頭主辦大會，因此整體上「主辦單位最大」的印象很強。尤其是觀光地點，爲了在淡季招徠遊客，而由地方政府和觀光業者聯合起來舉辦的賽跑，往往問題很多。以經驗來說，到這種賽跑會去出場跑步很少會覺得快樂的。主辦者方面只把這當作生意，勉強運用所知道的常識盡量辦得不出差錯就行了。放在上面的熱心——可能本來就沒有也不一定——當然無法傳達過來。只有表面形式、參加獎和名簿越做越豪華，相反的對跑者的體貼卻越來越淡薄。賽跑的收益會跑到什麼地方去，誰也不知道。

像這種國內賽跑的商業化固然令人不樂意看到，但是代理海外馬拉松旅遊團的旅行社，做法也令人不敢恭維。例如有這樣的情形。我認識一個朋友M君，跟我一起參加波士頓馬拉松時，他在東京報名。因爲一家大旅行社K社可以代辦申請。可是他到K社的時候，他們就發給他意見調查表，要他先回答問題。這也是常有的事情。可是這調查表上卻列出只能說是非常奇怪的問題。例如「你在賽跑前一週會做愛嗎？」這樣的問題。眞有這回事，不是開玩笑的。也許我的想像力不足。或者只是單純頭腦不好。可是我怎麼想都完全無法理解。馬拉松賽跑前一週要不要做愛，對旅行社來說到底會有什麼意義呢？調查這種事情，調查結果到底打算用在什麼目的呢？這些人認爲擁有「賽跑之前的一星期我一定會做愛」堅強而一貫信念活著的人，在這世界上到底有多少？做愛這種事情不管是賽跑之前也好之後也好，想做的時候做，不想做的時候就不做吧。而且這種事情有必要一一向別人報告嗎？如果我的這種想法在社會常識上是錯誤的話，我願意坦然道歉……。M君也嚇一跳，問那家旅行社的職員：「連這種事情也非要一一回答不可嗎？」對方居然說：「當然。因爲這是正式的表格，所以全部問題都必須確實回答才行。」

M君果然也火大起來，表格也沒塡就回去了（當然哪。如果在美國做了同樣事情的話，一定問題大了，承辦人員可能會被砍頭丟飯碗），聽了這番話之後我也好不容易落入沉思。先不管M君怎麼樣，其他申請人難道會毫無怨言地對這種沒有任何意義的愚蠢問題，一一認眞地確實把答案塡進去「做」或「不做」嗎？我一想像到這種情景時，心情便毫無辦法地變得一片黯淡。用自己的腳跑步，這樣一件世上最個人性的，而且非要個人性不可的行爲，竟然要被人以這種形式加以不自然地扭曲，以組織力量加上無意義而不必要的限制和規定，這怎麼想都是錯誤的，我覺得眞悲哀。

我在這裡想要認眞地提議，日本的跑者啊，很多事情應該可以更生氣的。應該大聲喊出：「我們在冬天的寒冷早晨，不願意一面身體發著抖，一面聽市政府教育委員長的什麼無聊演說。」高聲抗議：「比賽以前要不要跟誰做愛，別人也管不著。你們沒有權利問這種問題。你們難道不知道個人有隱私權的尊嚴這回事嗎？」對神氣的賽跑主辦單位吶喊：「我有沒有屬於哪個團體有什麼關係？跑的是我這個個人哪。」或許對其他跑者來說，這種事情怎麼樣都無所謂，也不會特別生氣。我每次遇到什麼狀況時，都會當場抱怨，好像一個人在發牢騷似的，最近漸漸覺得心情很空虛。

另外去年，正在舉辦火奴魯魯馬拉松的時期，我碰巧去夏威夷辦事。因爲我才跑過紐約馬拉松，所以那時候沒有跑。夏威夷的報紙上報導日本跑者太多，成爲一大問題。到底多到什麼地步呢？據說全體的一半以上是日本跑者。正確數字我忘了，不過我確實記得好像是出場人數兩萬人之中有一萬兩千人左右是日本人。不管多少，總之是令人驚訝的數字。火奴魯魯馬拉松本來是以心臟病的治療和預防爲目的開始提倡的大會，想參加的人誰都可以參加，也完全沒有時間限制等的規定。傑出跑者幾乎都不會出現，與其追求紀錄，不如鼓勵更多人參加，一起享受愉快跑步樂趣，以這個爲目的的大會。實際運作交給地方許多志願參與者辦理，市民大家同心協力快樂支持，令人有這種感覺的溫暖（以氣溫來說有點太熱）手工跑步。我在一九八三年跑過，暖洋洋的非常快樂。

不過現在當地人民對於火奴魯魯馬拉松的做法似乎開始感到難過了。報上也刊出許多這樣的投書：「爲什麼日本跑者佔一半以上的賽跑要由我們來協力舉辦呢？」「參加人數應該加以限制。日本人大多沒有跑只是在走路嘛。」當然有這麼多日本觀光客來訪，觀光業者固然可以賺錢，可是交通管制造成一天不方便，對於和觀光業沒有關係的一般市民來說，卻沒有任何好處，只有添麻煩而已。也有投書寫道：「就算對觀光業者有好處吧，可是威基基的觀光產業有百分之八十是由日本人經營的，所以終究日本業者招徠日本跑者，賺了錢，也只會把賺的錢又匯回日本吧。換句話說日本人只是利用我們的地方舉辦我們的大會來賺錢而已。」這種心情並不是不可理解。許多人跑四十二公里——就算多少有人部分用走的也好——這件事情本身我覺得已經很美好了，不過超過一萬的人數特地從日本搭飛機擠到外國來參加馬拉松大會，這種狀況或許確實可以說是「超出常軌」了。換句話說，總之日本人有錢，這樣而已。也許你會這樣說。當然如果沒有錢，也不會有一萬人搭飛機到夏威夷去參加馬拉松跑步。確實沒錯。不過，我想這不是唯一的理由。

終究，日本人中的大多數跑者，可能也覺得日本的馬拉松大會很無聊吧。不是嗎？

後記

有一種說法是，跑長距離的人多半是無聊而平凡的人。我自己也跑長距離，但覺得這種說法相當具有可信度。例如讀了跑者常讀的專門雜誌的投書欄時，確實有些令人深感腰酸背痛無聊透頂的東西。世上雖然有無數的專門雜誌，不過以文章的無聊程度來說，我想跑者雜誌應該可以站上相當前面的位置。牙科技師的專門雜誌上的文章可能還稍微精采一點吧。以前不知道聽誰說過，Tamori 曾經在電視上說：「我每次看到一大清早就在跑步的傢伙，就真想絆他一腳讓他跌一跤。你們真的那麼想長命百歲嗎？」（畢竟是聽來的傳言，不知道是真是假。如果有錯請原諒。）那種心情我也不是不能理解。

不過只有這點可以斷言，跑四十二公里絕對不是無聊的行為。這真的是非常刺激的、非日常的、富有想像力的行為。其中含有就算無聊至極的平凡人，只要跑起來就會像變成「另外一個人」似的。只是這「另外一個人」要想用語言向別人說明傳達的話，卻不知道為什麼又會變成非常平凡的無聊人而已。

還有根據 Tamori 氏的意見（我是說如果他真的這樣說的話），有一點是錯的。我們絕對不是為了想要長命百歲才跑的。就算只能短暫活在人間（人的一生就算多少有一點誤差，終究不也都是短暫的嗎？），我想在這短暫的人生之中，總還要想辦法活得聚精會神、全力以赴所以才跑的。雖然沒有必要大家都來做這種事情，不過人也有權利選擇這種方法。而且，可能偶爾也有必要知道，自己終究只是一個無聊而平凡的人。

史蒂芬・金與郊外的惡夢

普林斯頓這地方是所謂「和平的郊外」，並沒有多少可以喚起犯罪的東西。前幾天大學當局寄來一則通知，內容是「離家外出時，即使只是短時間也請將窗戶鎖好。因爲最近闖空門的情況增加了」，反過來說可見過去不太勤快鎖門也沒關係。據說最近因爲不景氣的關係失業者增加，住在都市地區的人就出遠門到郊外的住宅區來行竊，所以不能再像以前那樣粗心大意了。不過比起都會區來，犯罪次數還是壓倒性的少。

報紙上刊登的報導也多半像是「大學校園裡腳踏車一次被偷六輛」、「普林斯頓駐校作家喬伊斯．卡羅．奧茲（Joyce Carol Oates）駕車在 Elm Street 被追撞」這種程度的事情。順便提一下，奧茲女士並沒有受傷，只是車子保險桿稍微凹一點的程度而已，從照片上看來，奧茲女士一副「眞要命，噯呀！眞倒楣！」似的表情站在車子旁邊，兩手叉在腰上。開後面那輛車的年輕女孩子則好像「正在想什麼心事」所以沒有看見前面車子已經煞車了。

接下來這個事件倒是全國相當引人談論的話題，或許有些人士也曾經有所耳聞，住在普林斯頓的一位婦人，控告史蒂芬．金的《戰慄遊戲》是抄襲的盜作。因爲是去年的事，已經算是相當久的舊聞了，不過和普林斯頓居民有關的全國事件說起來很稀奇，而且事件本身的發展情況也相當有意思，因此我想在這裡介紹一下。

這件事首先是由住在普林斯頓名字叫做安．西兒透娜的婦人控告恐怖小說作家史蒂芬．金開始的。她對新聞記者說：「《戰慄遊戲》這部小說，其實是我的作品。幾乎一字一句，都跟我寫的完全一樣。至少算起來有百分之九十是這樣。」還說：「他闖進我家裡，把我的原稿偷走。」

對這項控訴，金氏的代言律師亞瑟格林則斷然反駁道，安．西兒透娜的話簡直胡說八道，毫無根據。並說她這十年來不斷寫一些「胡鬧的」信到金氏家裡來，是個不得志的作家。這種人不必理會。

繼續追蹤這位安．西兒透娜的說法，事情是這樣的，史蒂芬．金從一九七〇年代到一九八〇年代，再三侵入她家，把她和她弟弟所寫的原稿偷走，並把那轉用到自己的作品中。以前她也曾經抗議過多次，不過這次的《戰慄遊戲》尤其厚臉皮，幾乎完全照抄，所以再也無法放任不管了。她要求必須將書的銷售收入、以及改編成電影的收入轉交給她，並且立刻將書店的書回收。她還斷言，書中出現的那位精神異常的護士安妮．維克斯（凱西．貝慈因演這角色而得到奧斯卡獎）就是以她自己爲原型。「我可不想在史蒂芬．金的書中被使用。」這是安．西兒透娜的說辭。

馬瑟郡的檢察官承認過去也曾多次接到安．西兒透娜控告史蒂芬．金的奇怪控訴案件。有一次她控告說：「家裡的上空被史蒂芬．金裝有竊聽器的飛機飛過，被竊聽，所以請他別再這樣做。」聽到這項控訴的檢察官表示：「以竊聽方法來說，這種做法倒是相當特別。」「不過她眞的很認眞。她完全打心裡相信自己所說的每一句話都是眞的。我也想勸解她，設法說服她，可是那樣做的話，卻感覺自己好像站在壞人那邊似的。」

她否認自己寫信威脅史蒂芬．金。「我只寫了四張明信片給他而已。」她說：「金曾經寫過一次信給我。信上寫說我最好去讓精神科醫師看看。」

報導旁邊附有安．西兒透娜的相片。她穿著厚厚的毛皮大衣，戴著同樣厚厚的毛皮帽子。而且笑咪咪的。從照片上看來，安．西兒透娜只是個到處都看得到的普通中年太太而已。

如果只是這樣的話，倒是到處可見的「頭腦有一點問題的太太」而已。不過事情後來卻朝有點奇怪的方向繼續發展下去。（根據報導這頗有史蒂芬．金式曲折情節味道。）在那幾天之後的四月二十日清晨六時，坐落於緬因州的金氏維多利亞風格的宅邸，竟然被一個叫做艾立克．京的二十六歲男子入侵。當時金可能去旅行了，家裡只有太太塔比特在，京告訴她說自己的背包中裝有炸彈。她立刻跑出家門，到鄰居家去求救。趕來的警察發現侵入者躲到閣樓上，於是用警犬逼近他，將他逮捕。結果弄清楚背包中的炸彈原來是假的。說是爲了糾正金氏不法盜用他住在紐澤西州的叔母所寫的原稿，用來寫成《戰慄遊戲》，因此他才帶著假炸彈到他家去想威脅他。

這麼說來，大多數人可能都會聯想這個姓京的男人大概是住在普林斯頓的安．西兒透娜的姪兒吧，但其實這位姓京的和安．西兒透娜之間，完全沒有親戚關係。*Trenton Times* 報社曾經打電話到住在佛羅里達的安．西兒透娜的叔父家問過，那位叔父斷然說自己所知道的範圍內並沒有親戚叫這個名字。這件事情眞不可思議。

安．西兒透娜對這件事表示：「這起爆炸事件，一定是姓金的自己設計出來亂說的。」「我才沒有什麼叫做艾立克．京的親戚。這一定是史蒂芬．金爲了宣傳搞出來的。那個人爲了錢什麼都搞得出來。史蒂芬．金是個膚淺而愚蠢的人，我想那種人以後一定還會繼續剽竊人家的東西。」

根據普林斯頓警察局的說法，安．西兒透娜不但對史蒂芬．金有意見，她也控告過奧茲和諾曼．梅勒。她的說法是，從一九八九年到一九九〇年這三個作家曾經共謀侵入她家，偷取她所寫的原稿。雖然不清楚到底爲什麼一定要把奧茲和梅勒也捲進這件事情，不過史蒂芬．金要跟奧茲、還有梅勒三個人一起侵入人家的空屋，這種光景實在有一點鬼氣森森。如果能看到的話，我倒也很想看一看。

「安．西兒透娜和艾立克．京兩個人都只想引起世人注目而已。」史蒂芬．金在接受電話採訪時有點厭煩地這樣說。「他們只想藉著引人注目來確認自己的身分地位。這種有點脫線的人到處都是。我，還有史蒂芬．史匹柏和奧茲之類的人，只是扮演吸引這些人的避雷針似的角色而已。」金氏還記得以前在紐約書店曾經應一位叫做 Mark Chapman 的男人要求在著書上簽名。查普曼射殺約翰．藍儂，就是在那緊接著之後的事情。也許偽裝的炸彈、或莫名其妙的控訴事件，可以說還算是幸運的呢。

侵入的男人艾立克．京被留置在拘留所（保釋金五千美元），不過依然一直主張金氏的小說《戰慄遊戲》是根據他叔母的經驗所寫的。據說他自己已經寫完《戰慄遊戲》的續集，希望得到金氏的幫助能夠出版，但交涉並不順利。律師說：「可能想要繼續推展這件事情，所以才決定侵入金氏家裡的吧。」總之這裡又多了一位不得志的作家。

安．西兒透娜在那幾天之後自動撤回對金氏的控訴。她撤回告訴的理由是「反正不可能得到公正的判決」，但奇怪的是，三天之後，她又重新向法院提出完全一樣的告訴。後來那告訴狀到底又遭遇什麼樣的命運，可惜我並不清楚。雖然我也很注意地讀報紙，可是從此以後有關安．西兒透娜／史蒂芬．金的報導卻不再出現了。

我在寫《挪威的森林》這本小說時，也收到幾封同樣性質「有點怪的人」寄來的信，因此有興趣私下追蹤這個事件的發展經過，不過重新再讀這整個事件的報導之後，我首先想到的是：「如果有像安．西兒透娜女士那樣的人眞的住在附近的話一定很要命。」不小心跟這種人扯上關係的話，不知道她會對你說出什麼樣的話，做出什麼樣的事。因爲這種人有偏執狂似的執著，所以一旦開始怎麼樣的話就會不停地徹底搞到底。因爲那本人相信自己是對的，所以別人的話一概聽不進去。他們堅持這樣相信，所以不明就裡的人聽到的話，可能也會就那樣相信。我眞不希望住在這種人附近。

我認識一個想在普林斯頓買一棟獨棟房子，正在到處物色的朋友，這個朋友正在猶豫要不要買某個物件，我半懷著興趣也去看了一看那棟房子。開車進入住宅區沿著巷弄看到一棟又一棟成排的房子，在綠意盎然的寬闊社區裡，這一帶住的幾乎都是中產階級或中上階級的白人。草皮修剪得整整齊齊，松鼠在樹叢間跑來跑去。好一副和平安詳的光景。但那時候我卻忽然想起安．西兒透娜女士的事情。因爲安．西兒透娜女士的住址就在普林斯頓的「某某巷弄」裡。想到對了，在這種地方也可能住著「有點怪的人」時，不禁毛骨悚然起來。當然日本也有不少這種「有點怪的人」，所以或許有人要說，那麼美國和日本都一樣啊，不過如果無論如何都不得不住在這種「有點怪的人」附近的話，我可能還是會選日本而不會選美國。

美國郊外普普通通的房子，說起來都相當大。總有個四五百坪，有相當寬闊的草坪前庭，有長長的車道（driveway，汽車進出和停放的地方），而且大多沒有圍牆。這種郊外住宅多半是每個地區各自開發的高級出售住宅——您不妨想像一下出現在《E.T.》

或《鬼哭神號》的住宅——因爲不是以前就有的社區，所以不太知道附近到底住著什麼樣的人。甚至可以說是一種黑盒子。

當然比起日本郊外蓋得密密麻麻的小房子，品質眞有天壤之別，不過正因爲每一戶建地更寬闊的關係，而更顯得散發著某種深深的孤獨感、和孤絕感似的。因爲房子孤零零地坐落在寬闊的基地上，所以從旁邊看起來總有一種無防備的印象。日本房子確實蓋得狹小侷促，不過相對則有「多數人中的一人」似的匿名性感覺。在美國則完全相反，因爲寬闊而沒地方可逃，一有什麼你就必須從正面扎實地承受下來。剛到美國的時候，我也單純地想到：「綠地廣大，房子寬闊，何況房子也比日本便宜得多。眞想在這種地方住下來。」不過過了一年，眼睛習慣了之後，反而是「這比外表看起來麻煩多了」的感覺變得比較強烈。

其次也害怕鄰居不知道在做什麼。像西兒透娜女士那樣表面看起來非常普通的太太，卻可能從早到晚在書桌前拼命給暢銷作家寫恐嚇信也不一定。在巧克力工廠上班、看來一副老實溫和的中年人，其實可能是心理變態的連續殺人魔也不一定。深受附近鄰居敬重而感覺良好的傑出鄰家律師，其實可能是連續搶銀行的主謀。

最後所舉的例子，所謂「裝成傑出律師模樣的銀行強盜」，並不是我隨便捏造出來的，而是附近這地方眞正發生過的事情。這位律師也買了上等中產階級住的和平而優雅的郊區一棟氣派的磚造兩層樓住宅，過著雅痞風格的生活。所以附近鄰居也都斷然以爲他是個成功的傑出律師，其實他卻和弟弟一起一連搶了幾家賓州的銀行，用槍頂著人家把錢搶過來。大概是本業的律師生意不太好（美國律師競爭對手太多，因此要維持下去好像也很辛苦的樣子），所以才努力找個更容易進帳的副業。不過不知在第幾次襲擊銀行的錄影帶上身分曝光了，警察事先埋伏，因爲被逮捕時抗拒而被槍擊死亡。據說聽到槍聲跑出來看的附近鄰居聽了說明之後，竟然一陣茫然，半天說不出話來。總之鄰居其實並不了解他到底**眞的**在做什麼，誰也沒有確實的把握。

我推測可能很多美國人內心都暗暗感覺到了這種郊區式的惡夢。要不然，我想也不可能拍出這麼多以郊區爲舞台的心理變態電影吧。總之，自從《危險關係》和《沉默的羔羊》以來，心理變態類型的電影似乎已經定型了，同樣的電影一部接一部地上映，有一段時期特殊效果攝影的恐怖電影熱潮完全被取而代之。雖然我並沒有全部都看，不過總之出現了各種心理變態的影片。《非法入侵》一片講的是心理變態的警察暗戀雅痞建築師（寇特．羅素飾）的美女太太，利用權勢而直闖人家屋裡，這樣可怕的故事。剛開始看起來還以爲他只是個親切而平凡的警察而已，可是漸漸露出瘋狂氛圍的地方就很恐怖。《殺機邊緣人》是布萊恩．狄．帕瑪（Brian de Palma）導演的作品，演一個女醫師發現自己結婚的對象竟然是個多重人格的心理變態者，連續誘拐幼兒犯、殺人犯等。猛一看以爲是個和藹可親而疼小孩的好爸爸，但人格一變時竟然變成偏執的殺人魔。太太也覺得有什麼地方怪怪的，卻總是摸不清實際狀況，就那樣被拖進惡夢中去了。這部電影也因爲約翰・李斯高（John Lithgow）的演技精湛，看起來相當不舒服。前一陣子有一部《與敵人共枕》也很可怕，太太從幾乎接近心理變態的凶暴丈夫身邊假裝事故死亡而逃出的故事。《恐怖角》演的則是律師一家人被從監獄出來的心理變態者連續虐待的故事。這些電影有一個共通點：⑴本來都屬於中產階級到中上階級，原來應該過著平凡而和平生活的人，⑵卻因爲某種原因跟心理變態的人扯上關係，⑶終於被逼到無路可逃的毀滅邊緣（當然最後多半能情勢逆轉把對方殺掉），這樣的情節概要。其次，這些電影的舞台並不是充滿犯罪的都會，而是幾乎猛一看很和平安詳的郊外住宅區。

這種可怕又陰暗而且餘味惡劣的心理變態電影能夠喚起觀眾的共鳴（想必有共鳴所以才有票房），我想基本上是因爲影片把現在美國中產階級內心深處所感到的某種不安表象化了。以前只要在郊區買一棟擁有可停兩輛轎車車庫的獨棟大房子安定下來，人生就已經大致底定了，這種過去的美國夢已經逐漸開始不通用了。他們大多從犯罪率增加的都會逃到郊外來住。然而他們並沒有因此而從恐怖中得到解放。郊外有郊外的恐怖存在。他們這些ordinary people（普通人）多半被房貸壓得喘不過氣來，被哪天公司要裁員的陰影所籠罩，對景氣的長期衰退感到不安，對美國理想的變質感到困惑，爲教育費、醫療費的暴漲而頭痛不已。就像鋌而走險幹起銀行強盜的律師那樣，一碰上什麼不順利時，不小心走錯一步就……他們有這種模糊的恐怖不安。「只要普普通通地過日子大概就不會出差錯，」這種樂觀性——中產階級最大的寶——我可以感覺到那效力和說服力似乎已經逐漸喪失了。

結果這種「猛一看和平而安穩的普通地方腳下卻含著恐怖」正是史蒂芬・金長年以來一直在寫的東西，形成他雄厚讀者群的也正是住在這「猛一看和平而安穩的普通地方」的普通市民們，而威脅這位金氏私生活的輕度心理變態的「有點怪的人」，也是從這些「猛一看和平而安穩的普通地方」來的人。

我家附近的國道旁有一座氣派的大購物中心，這裡眞是閒置得可怕的地方。雖然過去高級品牌的商店林立，但因爲不景氣的關係生意並不理想，這一年半之間，簡直就像梳子逐漸缺齒那樣一家接一家紛紛關門大吉。我來的時候本來有Ralph Lauren、有Cacharel、有高級音響店的。但現在都沒有了。簡直像鬼城一樣。每家櫥窗都像蛻了皮的空殼子一般，只在玻璃窗上貼著"coming soon"（即將開幕）的牌子而已。附近一個人影都沒有，只有噴水柱被風吹動而搖曳著。看來冷冷清清的光景。不，那裡還有比冷冷清清更嚴重的別的什麼。本來爲了聚集人潮而人工做起來的東西，一旦看不到人影時，一瞬間就會開始感覺連自己的存在似乎都有點危險了。如果是史蒂芬・金的話，這種情況我想一定可以寫成恐怖小說。

後記

這座閒置的購物中心最近改變經營方針，改成量販店的路線，引進好幾家便宜的大型量販店，好像總算奇蹟似地看到起死回生的模樣了。

我在報上看到史蒂芬．金在某個派對上和譚恩美、還有搖滾樂團一起唱歌的報導。他太太塔比特．金後來也出版了小說。

安．西兒透娜和艾立克．京兩個人後來就沒有消息了。

是誰殺死了爵士樂

自從搬到美國住以後，我開始到中古唱片行尋找舊的爵士唱片，這成爲我生活中很大的樂趣。甚至可以說是我最開心的娛樂。好不容易能夠住到國外來了，爲什麼不去做一些更有意義的事情，享受享受更活躍多彩的人生呢？有時候我也會這樣想。

我很喜歡爵士樂，從十三歲開始到現在一直在收集唱片，不過並不是所謂的收藏家。本來個性就不是很周密的人，只是討厭對東西花費過分的金錢而已（換句話說就是小氣），很難達到收藏家的地步。不過這也許可以說是我唯一很在意的事情吧，我想從一九四〇年代到六〇年代的古老爵士樂，最好不要聽CD，就算音質有一點問題，還是聽從前的老唱片比較好。所以我盡量收集以前已經絕版的原始唱片，希望能夠收藏齊全，不過在日本要收集那種唱片，以我的標準來說有點太貴了。因此不知不覺間已經不再做到處收購爵士唱片的事了。如果有無論如何都想聽的曲子時，就用再版的CD湊合著充數。

可是在美國只要五塊美金、十塊美金就可以買到相當有趣的東西，就在「這個便宜」

「那個也便宜」之下，東買西買之間不知不覺唱片就越來越多了。你再這樣買下去要怎麼辦呢？在日本已經有四千張舊唱片，再也沒有地方可以放了吧，雖然被我太太這樣嘀咕，不過實際看到東西的時候還是會再伸手買下來。

當然不用說，CD的保管和處理方法比LP唱片要方便得多，音質也好。從前常聽的爵士唱片現在已經轉成新的CD，細部變得非常清晰，往往讓我再度感到佩服：「原來如此，唱片的音域也有些地方不足，聽不清楚，原來是這樣的聲音，這樣的演奏。」不過這種情況聽久了也會開始覺得累。我還是沒辦法習慣那個世界。覺得不太自在。以前聽起來總像是在煙霧瀰漫的地下爵士俱樂部演奏的東西，轉成CD之後，聽起來卻突然像在某個清潔而高尚的飯店大廳演奏似的，一本正經得令人討厭。此外有時候唱片有難以言喻的脹得滿滿的氛圍，轉成CD後那飽滿卻消失了，只給人一種流暢光滑的平凡印象。雖然不能一概而論，不是全部這樣，不過倒是常常有這種情況。世界變方便了不見得就比較好——話雖這麼說，但這也只限於爵士樂而已，至於古典樂和搖滾樂我已經完全轉換成CD了，所以我也覺得這或許終究衹是我的一種耽溺於懷舊鄉愁的頑固執迷而已吧。

雖說同樣是中古唱片行，不過還是有各種不同的特色，有些清清楚楚分門別類，依照英文字母順序整齊排列的店，也有什麼都混在一起全部塞在紙箱裡，讓你「自己隨便看吧」似的店，眞是各種都有。有些舊書店偶爾也可以挖到寶，在書店的角落悄悄排著唱片，從裡面竟然可以找到……。大概有很多人是來賣舊書順便也把舊唱片一起帶來賣的吧。

各家的價格也天差地別。說得明白一點，價格標準是像有又像沒有的東西。那家賣三十美元的東西，這家可能只賣三美元是常有的事。內容完全一樣，只是標籤顏色不同，價錢就會變成兩倍甚至三倍。像這種細部的專門知識就像尋找好的舊書一樣，要靠長年經驗和研究來培養。這眞的就像一種遊戲似的，最適合消磨空閒時間，所以我說這是一種「娛樂」就是基於這種邏輯而來的。到這種唱片行去，東翻西找之間三小時轉眼就過去了。現在正好是大家普遍從唱片轉換成CD的時期，過去所收藏的唱片往往大批倒出來，對於像我這種人來說或許可以說是機會相當難得吧。長久之間一直苦苦尋找都找不到的唱片突然讓你遇到了，那種喜悅是其他事情所無法得到的。在那之後，一整天都會沒來由地忍不住笑咪咪的。

在這CD的全盛時代，還一味地背對著世間潮流執意把玩LP唱片，可見這些中古唱片行的店老闆似乎多半也是些有點怪的人。由於某種契機閒聊起來時，總是相當有意思。從我家開車一小時左右到費城市區，有一家商品非常齊全，以爵士樂爲主的中古唱片行，這裡價格合理，管理也很周到。這家老闆還很年輕。我想大概三十出頭吧，是個相當熱愛LP的愛藏家，會對來買CD的客人怒吼道：「我討厭CD！」。就是這麼偏激。我買了一大堆唱片，在支付九十美元時，開玩笑地說：「我買這麼多唱片，太太會抱怨呢。」他竟然回答說：「你也這樣嗎？其實我也一樣。所以我才會這樣開起中古唱片行。爲了做生意，太太就沒話說了，不是嗎？」聽起來好像說得通又像說不通的奇怪論調。

「可是，說到買，這些難道不都是可以賣的嗎？」

「不，如果有我自己想要的，還是不會賣給別人的。我會把自己喜歡的帶回家收藏起來。還是忍不住的。人生，畢竟生意並不是一切。」

我心想這樣能維持得下去嗎？不過這個老闆經常笑咪咪很愉快地工作著。能夠快樂工作，怎麼說都再好不過了。

我從大學畢業之後，有七年時間經營爵士喫茶店，所以那時候幾乎從早到晚都在聽著爵士樂。本來就因爲希望能有更長時間聽爵士樂而開始做起這行生意的，所以就算很忙，就算工作辛苦，當時都完全不覺得苦。只要有爵士音樂響著什麼事情都無所謂了。我還年輕，很多方面都還樂觀。「因爲在做自己喜歡的事，所以大概會順利吧。」這是我的基本心態。而且很幸運，當時事情還眞的很順利。總之我過著早上開門放爵士，晚上關門也聽爵士的生活。有時候也請樂手到現場表演，所以年輕樂手經常來店裡玩，工作完畢後，也常常和他們一起喝酒一面談爵士到天亮。只要響著爵士音樂，大家一起聊爵士就很快樂了。他們當然很窮，我也還背負著高額貸款，從早到晚忙著工作，這樣過日子。雖然如此，我還是覺得這種生活某方面好像還是很美好。

不過因為某種原因開始寫起小說，然後有兩三年時間一面經營爵士喫茶店一面當作家，過著腳踏兩條船的生活。這段時期無論精神上或肉體上都很難過。我已經過了三十歲，店也比以前擴大了（中途搬過一次家），寫的工作量逐漸增加，各種瑣碎煩人的紛擾好像也逐漸出現。

為了當個專業作家我把店結束營業後，隨著而來的反作用，有一段時期幾乎可以說不聽爵士樂了。在腳踏兩條船時期的後半段，自己也不清楚為什麼，不過我想可能心情上已經完全轉換成「自己要走寫作方向」了。雖然喜歡聽爵士樂，不過自己從零創造什麼，又是完全不同的事情。這種創作的喜悅一旦嚐到過之後，要把「光是聽而已」當成工作就漸漸覺得不對勁了。也許可以說我自己內心好像正在進行一種自我分裂。所以當我把店收掉的時候，覺得長久以來所背負的重擔也像終於卸下來了似的，覺得好累。卸下來之後，才知道那有多沉重。暫時不想再聽爵士樂了，當時的心情眞的是這樣。店裡所用的唱片雖然三分之二還留下來，不過這些都被我推到後面去，有一段時期我只聽搖滾樂，和古典音樂。這種生活繼續了幾年。

就這樣，已經熱心聽了三十年的爵士樂，卻因為個人的經歷而不太能坦然道出：

「其實我也是個爵士樂迷喲。」要說是愛恨交織也許有點太誇張。不過我想其中還是擁有不是喜歡或討厭這種用語所能簡單帶過的。在爵士喫茶店這樣的地方所經歷的歲月，說起來，有美好的回憶，也有算不上美好的回憶。有些不願意去回想的事情，也有些想不太起來的事情。這種種記憶啦感觸啦空氣啦矛盾啦喜悅啦自我厭惡啦謎啦，全都凌亂地混合在一起，塞進所謂爵士樂這個用語的聲音裡去。整個人實在泡在裡面太漫長了，所以那東西已經緊緊黏著你分也分不開了。這樣畢竟很不好受。

老實說，撇開過去的關係，能夠單純而純粹地享受聽爵士音樂的樂趣，還是最近的事。爵士喫茶店收掉十年之後，才終於感覺那隔離一點一點化解掉、鬆脫開了。十年算起來是很漫長的歲月，不過不管任何方面，我學到了很多事情，也化解了很多事情，只是比別人花了更長的時間。

來到美國可以聽眞正正統的爵士音樂眞好！常常有人這樣說。但其實我幾乎沒有機會造訪紐約的爵士俱樂部。爵士俱樂部的現場演奏大多很晚才開始，像我這樣早睡早起的人實在有點累。演奏結束以後還要花一小時開車回家，想起來就覺得很麻煩，可是總不能因此而去訂飯店住，那又未免太小題大作了。是不是著迷到這個地步非要這樣去聽爵士樂現場演奏呢？很遺憾答案是No。我雖然去過一次格林威治村著名的“Blue Note”，不過那時候有很多不愉快的事情。服務人員有一點問題，前排座位整排的日本團觀光客全都因爲時差的關係正在熟睡中（雖然我也有這種經驗，從日本來到美國東海岸時，這個時刻最容易睏）。那天晚上演奏的是迪吉·葛拉斯彼（Dizzy Gillespie）的樂團。這果然眞是值得一聽。這家店的價位絕不便宜，不過演奏仍然好得令人覺得值回票價。但是假如有人問我如果錯過了當時的演奏，沒聽到會不會覺得後悔？老實說我大概只能回答：「嗯，能聽到固然很好，不過沒聽到也不至於多後悔吧。」而且我在紐約的其他爵士俱樂部所聽到的其他樂手的舞台演出，大體上也就是這種程度。「不錯／很愉快。不過沒聽到也不至於會終生遺憾的地步。」

結果很遺憾，爵士樂這東西，我想也許已經漸漸變成不是活在現在這個時代的所謂當代音樂了。這或許是個很殘酷的說法，但我就是這樣感覺，這樣想的。如果我一九五二年人在美國的話，可能不管怎麼樣都會到紐約去聽 Clifford Brown 的現場演奏。如果一九六〇年人在美國的話，同樣還是一定會拼命去聽加入 John Coltrane、Cannonball 和 Bill Evans 的 Miles Davis 六重奏。不管多遠、多麻煩、多睏、空氣多糟都毫無怨言吧。

我並不討厭新的爵士樂。新的爵士樂聽起來還是很愉快，很多也讓人覺得，啊，爵士樂還是很棒。可是那裡頭已經沒有能夠深刻感動你心的東西了。沒有現在這裡正在誕生著什麼的興奮。以我來說，我只是對這些東西，對彷彿憑藉過去熱情的記憶所成立的東西，已經不太有興趣了而已。至少，不會爲了聽這個而想特地到紐約住上一個晚上，興趣沒那麼濃。

前幾天，我到普林斯頓的 McCarter Theatre 劇場去聽林肯中心爵士樂團（Lincoln Center Jazz Orchestra）的樂隊演奏。這是溫頓・馬沙利斯（Wynton Marsalis）所率領意氣風發的爵士樂團。這天演奏的全是 Duke Ellington 的老曲目。這個樂團的特色在於由超級大牌好手和年輕樂手（也就是所謂 Marsalis 一派）混在一起演奏。大牌的陣容有 Joe Wilder、Jerry Dodgion、Roland Hanna 等令人懷念的名字。從前在 Duke Ellington 樂團裡唱歌的歌手 Milt Grayson 也唱了幾首歌。包括 Britt Woodman 在內，以前艾靈頓公爵樂團的幾個樂手也來參加。

選曲也相當精采，安排組合得非常嚴密，目的在重現艾靈頓公爵的樂音，而確實也成功地辦到了。並不只是在單純嚐試繼續演奏艾靈頓的曲子而已。目的似乎在將艾靈頓的音樂世界有系統而整體性地重現於現代。主旋律演奏者的獨奏有點單薄（尤其是中音和中低音部的），因爲這會被拿來跟 Johnny Hodges、Harry Carney 比較，所以可以說很殘酷吧。中音和中低音馬馬虎虎還算可以。不過和 Wynton Marsalis、Lew Soloff、Joe Wilder 並排吹奏小喇叭（老、中、青三代同台）眞是壯觀。好久沒聽到這麼過癮的音樂會了。

不過我在聽這演奏時想到：「終究，對於 Marsalis 的世代來說，所謂爵士這種音樂可能已經變成一種接近傳統技藝的東西了。」Wynton Marsalis 是擁有傑出才華的年輕人。而且眞是很深入、很認眞地在研究著爵士。從路易・阿姆斯壯、Cat Anderson、

Clifford Brown、到 Miles Davis，對他來說全都是偉大的英雄。而且 Wynton 眞的能很神奇地將他們的聲響在現代再現出來。那音色美得令你著迷陶醉，技術完美得讓你恨得牙癢癢的。不過還不只這樣。他的演奏中，充滿了像是慈祥般的愛情。那或許是對已經逝去的東西，和正在消失而去的東西，所感到的慈愛吧。我個人並沒有特別喜歡 Wynton Marsalis 的演奏。我對 Wynton Marsalis 的演奏還沒有到「非要聽 Wynton Marsalis 的演奏不可」的眞正狂熱的地步。此時此刻在這裡，讓聽眾感覺得到眼前即將發生什麼的要素很稀薄。不過這另當別論，他的演奏中有某種強烈吸引人的東西也是眞的。而且這裡頭，對於爵士這種音樂往後該怎麼走，或許潛藏著一種可能性也不一定，我不禁忽然這樣想。

不過世間也有「打擊 Marsalis 一派」的行動。Wynton Marsalis 在年輕世代的爵士樂迷之中擁有偶像般的人氣，Branford Marsalis 在電視熱門節目“Tonight Show”中擔任音樂總監兼長駐樂團團長。他們在今日的爵士樂界的地位，看來似乎擁有像六〇年代的甘迺迪兄弟般的影響力。很多人因此感到不愉快，也難怪。前幾天《紐約時報》星期日版上有鋼琴家 Keith Jarrett 的投稿，批判 Marsalis 一派的人（雖然沒有具體點名，不過只要略讀一點，就可以一目了然他念頭裡想的正是 Marsalis 兄弟）。他文章的骨幹是這樣的：「最近年輕黑人音樂家的爵士樂演奏實在高明。不過他們的創造性到底在哪裡？」

不過我認爲，也許 Marsalis 一派所想的創造性，和 Keith Jarrett 所想的創造性，名稱雖然一樣，其實可能是生在完全不同的地方、呼吸著完全不同空氣的同名不同人吧。對於 Keith Jarrett 那些六〇年代的世代來說，音樂是要戰鬥才能得到的東西。對他們來說所謂創造行為，往往是與前輩保守演奏家之間不斷的抗爭。是失敗或勝利？是否定或被否定？這樣熾烈的戰爭。在這戰鬥中產生他所謂的「創造性」。老實說，我個人對 Keith Jarrett 這位演奏家的「創造性」評價並不高，不過雖然如此，我還是很願意肯定他對「創造性」的追求。

不過對 Marsalis 他們的世代來說，爵士這種音樂已經不再是需要反抗的東西了，而是讓你能夠感動、佩服、和從中學習的音樂。那對他們來說，某種意義上是已經關閉起來的圈子了。就像裝滿了古老而美好事物的寶物箱一樣。對這樣的發現，他們感到滿溢的喜悅，覺得非常興高彩烈。那某種意義上是「年輕黑人音樂家」的尋根之旅，自然是情緒高昂的行為。他們這種對爵士樂的觀念和發想本身，就已經和 Keith Jarrett 的世代完全不同了。我想 Keith Jarrett 也不得不認清這種根本上的差異。你說：「要反抗啊，要戰鬥去爭取呀！」Marsalis 他們也許只會聳聳肩說：「你們這樣說，到底要我們去反抗什麼呢？」反過來說，Marsalis 他們這一代或許對 Keith 那個世代的音樂評價，還沒有高到想「非要反抗他們不可」的地步吧。而且這種地方也讓 Keith 深深感到焦躁不安。

我繼續想著這些事情，今天也到中古唱片行去逛過，對於要不要花七塊錢美金去買有Bud Shank參加的John Graas的讚美詩歌盤，值不值這價錢令我非常猶豫。七塊錢美金是個相當難判定的界線。結果沒買就回家了，不過回到家以後還在深深迷惑。到底怎麼樣呢？

後記

前幾天我到波士頓的爵士樂俱樂部去聽Tommy Flanagan Trio。老實說這天的演奏祇不過馬馬虎虎而已。雖然不壞，但也沒什麼不得了的地方。也許不太起勁吧。不過如果要向Tommy Flanagan點歌的話，我恍惚地想到我可能還是會點*Barbados*和*The Star-Crossed Lovers*這兩曲吧，令人吃驚的是舞台上最後竟然連續演奏出這兩首曲子。連我也不得不啞然呆住了。也許有某種心靈互通的地方吧。Pepper Adams和Tommy Flanagan合作演出的*The Star-Crossed Lovers*長久以來一直是我的愛聽盤。

說到Pepper Adams，關於這個人不久前也發生過一段不可思議的事情。我正想走進一家中古唱片行時，路過的年輕人向我打聽時間。我回答："It's ten to four."然後走進唱片行，第一張映入眼簾的唱片，竟然就是Pepper Adams的"TEN TO FOUR AT 5 SPOT"閃閃發亮的原始初版（十塊美元）。當然我二話不說當場就買下來。雖然我在日本也已經擁有這一張唱片了。

此時此刻我想到的，不是「小和尚的神」，而是這個世上說不定在某個地方真有「爵士樂之神」也不一定。

從柏克萊回來的路上

從十一月初開始有四星期之間，我到加州柏克萊大學去。爲了演講，和舉行每週一次的星期講座。這是我有生以來第一次眞正教授別人什麼，而且還是用我實在笨拙的英語，當然不用說就搞得累趴趴的。加上還趁空檔時間到西雅圖的華盛頓州立大學去上課講話、到史丹佛大學去演講（這是用日語說的所以很輕鬆），此外還參加一些茶會和晚宴等，總之很辛苦。不過我想能跟學生們相處一個月好好促膝相談，對我來說是非常愉快的經驗，也是非常有意義的經驗。

從東海岸來到西海岸，雖說同樣是大學、同樣是大學生，卻重新感到眞是相當不同啊。尤其普林斯頓大學，和加州柏克萊大學可以說是兩極端，大學的氣氛眞的是天差地別的地步。普林斯頓是所謂傳統的精英學府，學費高昂的私立大學，學生大多以東部上流社會白人家庭的子弟爲主，校園的人口密度也壓倒性的低。相較之下，加州柏克萊大學的學生人種上簡直五花八門，十足庶民化，政治上從以前就以激進聞名。本來柏克萊大學周邊就很熱鬧，可以看到嬉皮、裸體主義者、無家可歸的流浪漢到處晃蕩。學校裡甚至有很大的遊樂場。相較之下普林斯頓實在是和平而安靜。住了將近兩年，一次也沒看過無家可歸的流浪漢。教室裡上課的氣氛也以柏克萊比較活潑，普林斯頓比較穩重。普林斯頓的教授多半整齊地打領帶，柏克萊的教授則甚至有人穿休閒短褲的。差別這麼大。

如果以汽車爲例來說的話，感覺普林斯頓大學就像英國古典勞斯萊斯的 Bentley，柏克萊則像美國明朗快樂的敞篷車。當然彼此不可能看順眼，很多加州人只要一聽到普林斯頓的名字就會皺眉頭。聽說我正在普林斯頓，就會說：「普林斯頓？你爲什麼非要跑到那麼寒冷而 stuffy（拘謹沉悶）的地方去不可呢？什麼，已經住了將近兩年？要命！你也眞是個怪人。」之類的話。在宴會中，只要話題一提到普林斯頓大學，就會像京都人說東京人壞話一般熱烈地吹毛求疵起來。比方：「我讀研究所的時候曾經在普林斯頓待過一年，雖然只有一年，但那一年卻是我一輩子裡最糟糕的一年，」或「我有事情到那裡住過一星期，那一星期感覺簡直像半年一樣長，」這種話接二連三地冒出來。對他們來說，普林斯頓就像庸俗的僞君子的代名詞一樣。反過來說，也有普林斯頓的人搬到柏克萊，可是怎麼都覺得討厭這裡的氣氛，實在受不了於是又搬回普林斯頓的例子。

我也非常中意柏克萊大學那種自由而開放的氣氛，不過如果你問我要不要搬來這裡住的話，那又是另外一個問題了。要說普林斯頓很無聊嗎？或許眞的是個無聊的城市。

那裡也沒有加州的陽光。不過如果把能夠集中精神寫小說當作第一優先的話，我想這裡應該可以說是理想的地方。不會讓你分心，也完全沒有多餘的雜音。柏克萊雖然是個快樂的地方，但對現在的我來說卻有點過於熱鬧了。也許是年齡的關係吧，目前我只想在安靜的地方一面悠閒地工作一面過日子就好了。

不過那個歸那個，我在華盛頓州立大學的課堂上也感覺到，西岸大學對日本文學研究的熱心，和品質之高還是令我瞠目結舌。這裡和東部大學不一樣，亞洲學生比較多，日常生活的層面眼光也確實朝向太平洋的彼岸，而且認眞學習的意願高昂，充滿朝氣和活力。很多學生對日本文學很關心，我也遇到很多想要從事日本新小說翻譯的學生。過去以近代古典爲中心的日本文學研究，這幾年之間在質的方面有了相當大的轉變，這可以切膚地感覺到。以前吸引他們注意的是異國情調，而現在我想已經超越這些了。往後就看我們日本作家能夠提供多少「現物」給他們了。

現在美國人正努力想從日本聽到新的聲音，我想這對我們來說是稍縱即逝的大好機會。日本文學是不是擁有過去拉丁美洲文學所達到的那樣強有力的突破可能性呢？這稍微有一點問題，不過我想某種程度的突破是可能的。而且我相信藉著那個可能，日本文學應該也可以自動地開始活性化起來。一面以日語寫小說，一面重新把日語相對化（與英語對應），一方面身爲日本人一方面把日本人的特性相對化（與外國人對比）——我想這可能將成爲我今後的重要工作。

說到這裡我又要重新回到上次談的爵士樂話題了。十一月底我從柏克萊回到Newark機場時，天氣非常惡劣。平常我都會從機場租車開回家的，但因爲天黑了，又下著傾盆大雨，人又累，當時的氣氛實在不太想自己開車，因此就在機場櫃檯請他們幫我叫了limousine（豪華出租轎車）。從機場直接搭計程車的話司機往往會謊報車費，爲了避免這個，最好是叫轎車。雖說是limousine，聽名字想像起來一定很不得了，其實沒那麼誇張，只是老舊的Buick而已。我覺得大概已經前前後後跑了有十五年了吧。司機的樣子就像晚年的Dexter Gordon一樣，個子高高瘦瘦的黑人老伯伯。

「今天是感恩節，辛苦了啊。」我試著客套一下時，他竟然說：「就是啊。我今天完全沒心情工作。感恩節的晚上我也很想悠閒地輕鬆一下。可是因爲沒有人哪，所以勉強要我出來載。但願你們是今天最後的客人。天氣又壞，眞想回家好好休息了。」感恩節對美國人來說，是一年一度家人團圓安靜慶祝，像過年一樣的重要節日，因此在那樣的夜晚還不得不工作，要說可憐也實在眞可憐。預約轎車櫃檯的黑人女孩子，一臉極端不高興的樣子，我跟她說話幾乎都不理我。這種日子，對司機也必須多給一點小費才行。不過話雖這麼說，這個人的牢騷卻不太有牢騷式的陰暗，這倒還好。「這種事情跟您一一抱怨其實也沒有用，不過您既然提到了我才說的」這種程度的牢騷。這位老伯操著像Al Hibbler（譯註：一九一五～二〇〇一年盲人歌手）一般深沉的男中音，慢慢的舒服地說著。這種感覺的人，和從前老舊型的Buick適度穩重的車子很搭調。實在難以想像這種人如果開 Honda Accord 轎車會變成什麼樣子。

「現在一號公路比較空，從這邊走嗎？要是上高速公路的話，過路費就要多付一塊四毛五。我想您也覺得便宜的好吧。」他說。看來似乎滿親切的。

東南西北隨意閒聊之間，知道他是住在一個叫做 Montclair 的紐澤西北部的城市。我也去過 Montclair 這地方。我到那裡的州立大學演講過一次。是一個很舒服的小地方。

「嘿，那邊好像有一家很好的爵士樂俱樂部吧。是叫做 "Trumpet" 嗎？」我試著問他看看。

「嗯，是啊，叫做 "Trumpet"。那是一家不錯的爵士俱樂部。」他說。「您，喜歡爵士嗎？」

他爲我把收音機調到爵士電台。次中音薩克斯風正在獨奏著情歌。我說：「這好像是 Wayne Shorter 的樣子。」他就點頭說：「沒錯。」「鋼琴是 Herbie Hancock 。」我說：「嗯，您的耳朵滿好的噢。」司機說。嗯（Oh, yeah），是這個人的口頭禪。

然後我們在到家爲止一直都在談著爵士樂。他生在紐約，大約五十多歲，一直都是個爵士樂迷。「我跟中音薩克斯風樂手 Jackie Mclean 是好朋友。我們也是鄰居。嗯，他是個很棒的音樂家噢。不過他現在比較少自己演奏，反而忙著在 Hartford 大學教書。他有個兒子，也是個爵士音樂家。」

「Rene Mclean。」

「對，就是Rene。Rene出生的時候，我還記得很清楚呢。那小子居然已經長大，可以獨當一面了。嗯，時間過得眞快啊。」

五〇年代紐約的爵士樂盛況他還記得非常清楚。他說他曾經去聽Thelonious Monk和Miles Davis合演的音樂會，兩個人演奏到一半發生衝突，Miles就從舞台上跳下來憤然離去了。

「Monk的確不太正常，不過Miles也眞是個獨特的傢伙（怪人），嗯。不過那眞是不得了噢。Lambert, Hendricks & Ross把當時的事情唱成歌。你知道*So What*這首歌吧。就是用那首歌配上歌詞唱的。『Miles從舞台上走出去了，so what（那又怎樣）？』」他眞的唱起那首歌來。「Lambert, Hendricks & Ross眞是傑出的合唱搭檔。太棒了。Hendricks & Ross現在還在唱，Dave Lambert死掉了。他在高速公路上遇到爆胎正在換輪胎時，被車子撞死的。是個很有才華的傢伙呢，嗯，眞可憐。那是什麼地方的高速公路。賓夕法尼亞高速公路。不對，在賓夕法尼亞高速公路出車禍的是Clifford Brown……」

Dave Lambert是死在95號公路，康乃迪克州的Westport附近。如果要問這麼細微的事情爲什麼還記得，是因爲碰巧不久以前，我才看過Bill Crow寫的*From Birdland to Broadway*這本回憶錄。Bill Crow是西雅圖出身、很有趣的白人貝斯手，從一九五〇年代到六〇年代曾經在Stan Getz和Gerry Mulligan的樂團待過，這本書文章也很精采，以讀物來說算相當有趣。讀著這本書，會深深感慨一九五〇年代到六〇年代爵士樂音樂家實在太傑出了。Crow是Lambert很熟的朋友，關於這場悲劇，描寫得很詳細。Lambert看到有人爆胎正傷腦筋，他還特地停下車子幫人家換輪胎，這時卻被一輛超過車道線衝進來的卡車和那輛汽車擦撞而被夾死。

不過我那時候並沒有衝口而出說：「那是在95號公路。」因爲並不是在做有獎問答，不如乖乖聽老伯話舊還比較輕鬆愉快。終於爵士樂電台的收音效果變差了，他幫我把頻道轉到別家電台。這台是James Brown在唱歌。唱著〈爸爸的新皮包〉。

「你知道這是誰唱的嗎？」

「James Brown。」我馬上回答。

「喜歡嗎？」

「年輕時候常常聽噢。但是最近不太有機會聽了。不過James Brown好像在監獄待過一陣子吧？」

「哎呀，結果還是待了兩年。不過前一陣子終於出來了。還在唱呢。」他說。然後停一會兒。「不過，我在想，日本人竟然能認眞聽我們黑人的音樂，了解並重視。就像歐洲人一樣。」

「我想是這樣。所以很多爵士音樂家離開美國，來到日本和歐洲。」

「是啊，Kenny Clarke、Bud Powell、Dexter Gordon全都離開美國了。美國人完全

不尊重爵士樂。你知道鋼琴家 Barry Harris 嗎？」

「知道。他是個很好的鋼琴家。」

「他也是我的朋友。那個傢伙也說過。到日本去的時候人家把你捧得像國王一樣（treated like a king）。走在路上，大家會走上前來要你簽名。他眞的嚇了一跳噢，嗯。嚇一跳很感動。你想看看，Barry 走在紐約誰也不會回頭多看一眼。大家只會榨乾你、衝撞你而已。嘿先生，在這個國家，大家眞的把我們當狗一樣看待（treated like a dog），眞的。」

在柏克萊有空的時候我讀了 Miles Davis 的自傳 *Miles*（我想正確讀法應該是麥爾滋，不過在日本不知道爲什麼卻通稱麥爾斯）。書中麥爾斯大聲而且痛切地述說，他們在向來以白人優先的社會裡如何被虐待、被傷害。他們如何被壓榨、被歧視。而且麥爾斯和明格斯（Charles Mingus）、Max Roach 等當時傑出的爵士樂手們都一直爲種族歧視激烈抗爭。他們處在不得不抗爭奮鬥的狀況。在社會體制本身並不包含他們的世界裡，他們不得不替自己努力爭取，讓他們的音樂更深入社會。

這本書——或只有這本書——我想眞的只能用英語去讀。因爲如果翻譯成日語的話，不管翻譯得多巧妙，可能原文氣韻的三成到四成左右都難免會消失掉。黑人作家幾乎把麥爾斯所講過的話照原樣轉化成文章，那文體百分之百是「爵士音樂」。每一種喜怒哀樂就像從他的兩個手掌上滾落下來一般活生生的傳達過來。總之讀起來非常感人的書。

爲什麼外國人所寫的傳記和自傳會這麼有趣呢?說起來最近在美國都很少看到一讀起來就會讓你停不下來的小說了,不過還有很多一讀起來就會讓你停不下來的傳記。正因爲這樣,我最近暫時擱下小說,卻一連讀了幾本音樂家的傳記之類的。現在正在讀的是Lotte Renya的傳記。

不過當那位黑人司機以安靜的聲音對我說:「嘿先生,在這個國家,大家眞的把我們當狗一樣看待(treated like a dog),眞的。」的時候,我覺得跟讀了麥爾斯的書時所感覺到的又有些不同的某種感覺,彷彿隨著那安靜一起傳了過來似的。高聲喊出宣言的人當然另當別論,可是一般黑人是不太會對我們說出這樣的話的。大概每次一一說也沒有用,而且大概心想這也不是短時間可以簡單傳達的事情吧。或者只是單純的不想說而已。不過那位老伯一直跟我談著爵士樂的事情,到最後才好像忽然冒出這樣一句話。然後就又轉到別的話題了。如果不知道我眞的很喜歡爵士樂的話,我想他可能也不會提起這段話。有點這種感覺。

豪華轎車的司機只吃健康食品,每週上幾次健身房努力做塑身運動,生活相當先進,這位老伯不管任何事情知識都非常豐富。我心想,任何國家的計程車司機許多都常識豐富。一定是每天聽收音機,跟各種客人聊天的關係吧。

「我覺得日本人是很優秀的民族。不管做什麼都很熱心、很認眞。」他說。「上次我在電視上看到某個人的談話節目，他說日本人讀書的量，是美國人無法比較的多噢。日本人眞是經常讀書，把讀到的東西又認眞確實地做研究。美國人會寫書。可是寫出來的書很少人去讀。一般美國人幾乎難得讀什麼書。日本人卻會去讀那些人家寫出來的書。而且比美國人深入了解，眞的。」

事情並沒有那麼簡單，日本人也會認眞寫書，我也在寫書啊，本來想這樣說的，不過仔細想想覺得阿伯說的確實也有一點道理。我們確實是擅長於把某種東西拿進來的人種，而且這人種歷經幾千年來已經讓這種拿進來的系統進化得非常洗練了。我想不管怎麼說這都是事實。例如就拿爵士音樂來看，那終究對他來說是「我們的音樂」。「寫出書」的是他們。就算我知道 Dave Lambert 是死在康乃迪克州的95號公路，那只不過是瑣碎的知識而已。從這種瑣碎知識的機智問答觀點來看，日本的爵士研究品質，或許是美國無法比較的高吧，而且那研究某方面我覺得也很重要。但是如果讓這位老伯來說的話，也許他會說：「很厲害喲。不過那是我們的音樂呀。」這樣一來，就沒話說了。然後我們會說：「噢，是啊。」然後就沉默下來。

補充一下，我在柏克萊的T恤店看到印有「到LA，人家一定會對待你像羅得尼．金（譯註：洛杉磯警察暴行事件的受害者）一樣」的T恤。這當然是模仿司機伯伯所說的"treated like a king"。因爲很妙，本來想買來做紀念的，終究因爲一忙忘記買就回來了。

後記

我在 Montclair 的那家 Trumpet 爵士俱樂部裡聽了 Houston Person 和 Etta Jones（好懷念噢）熱騰騰的藍調現場演奏。這類型的人能夠老當益壯真讓人看得好愉快。我一時興奮得請他們當場為我在唱片上簽名帶回來。比較之下，知性白人的爵士音樂，上了年紀之後卻會看得你心痛不忍。不會讓你心痛不忍的，只有晚年的 Stan Getz 和 Gerry Mulligan（這個人還健在）而已。

停留柏克萊的期間，到附近的爵士俱樂部去聽古巴的小喇叭手，Arturo Sandoval 的演奏。古巴音樂專家村上龍可能會說，以古巴的音樂水準來看，Sandoval 並不怎麼樣啊！不過從爵士音樂方面來聽的話，卻有相當讓人深深佩服，覺得「原來如此」的地方。這對現代爵士來說，或許像是一種盲點似的東西吧。覺得好像看了一場魔術似的，好久沒有全身享受到這樣過癮的爵士樂了。我想有這種音樂也絕對不錯。Wynton Marsalis 很遺憾就沒有這種 acrobatic（特技性）的魅力。不管是 Dizzy Gillespie 也好、Red Allen 也好、Armstrong 也好、Fats Navarro 也好，都能讓聽眾持續不斷地驚嘆「哇啊～～噢嗚！」身體上、物理上的訴求力，這在某種意義上難道不是爵士音樂的原點嗎？當然如果只有這個的話，是有一點累人就是了。

不久以前我在波士頓的爵士俱樂部聽到現在很受歡迎的 Joshua Redman−Pat Metheny 四

重奏，感覺有點像是跟一個門禁到晚上十點的「好人家」女孩約會似的，當然也還算快樂啦，不過如果下次要約會的話，我還是寧可選擇沒有門禁，也沒有壓抑的古巴小喇叭手 Sandoval 那邊。

黃金比例和Toyota Corolla汽車

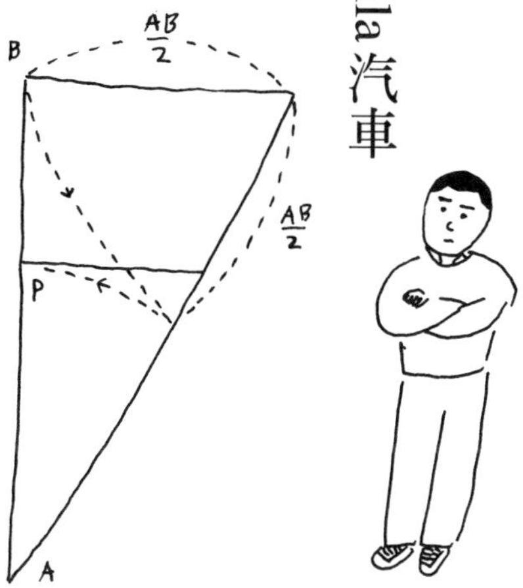

我剛到美國的房子住定下來，解開行李之後首先做的第一件事情就是買汽車。在這個國家沒有車子什麼都不能做。常聽人家這樣說，事實上眞的是這樣。

我住在日本的時候完全沒有開過車子。大多一直住在東京，所以沒有車子幾乎也不會感到任何不方便。不過六年前左右我住到義大利時，生活實在不方便——換句話說公共運輸系統不完備和運作的散漫——令人叫苦連天，索性一不做二不休就去考了駕照。然後在羅馬買了汽車，花了幾個月在市內和近郊到處試開之後感觸非常深。那就是在歐洲擁有汽車眞是多麼方便又愉快啊，光是擁有汽車能夠開車，居然能夠打開這樣一個嶄新的世界啊。

就這樣，我住在歐洲的時候，一有空閒時間就開車到各種地方去。義大利大概都繞過了，也翻越過阿爾卑斯山到奧地利、德國去過，在希臘開過，也在英國開車旅行過。花四個星期開車繞過土耳其。

然後從歐洲回到日本住了一年，那時候也偶爾開車出去，不過老實說不太有意思。

我主要是在東京市內的工作場所和住家之間六十公里左右的距離往返著，不過如果要問這路程開起來是否愉快的話，也沒多愉快。只是把行李放上車在A地點和B地點之間往返而已。首都高速道路真的只有令人厭煩而已。也曾開車做過幾次小旅行，不過並不怎麼有趣。爲什麼不怎麼有趣呢？這大概因爲日本這個國家基本上不適合開汽車旅行吧。所以開車也不會令你心曠神怡，反而是讓你生悶氣搞得更煩躁而已。在日本旅行我覺得與其自己開車不如搭電車去還好。幾乎沒有什麼地方是只有開車才能去到的。

然後到了美國，我決定再買車子。就像剛開始說過的那樣，這裡真的是沒有車子沒辦法生活。心想「總之不管什麼車都行。以後的事以後再來考慮。」就到附近的本田汽車經銷店去，買了中古的 Accord。因爲碰巧附近就有本田汽車的經銷商，就在那裡用消去法選下去，一一淘汰的結果最後剩下這部車，絕對不是因爲一開始就懷著熱忱才買進 Honda Accord 的。

不過 Honda Accord 開了一段日子之後，我想：「這種車能在美國造成大暢銷也難怪。」我並不是一個對車子性能和情況很熟悉的人，所以充其量也只能靠感覺來說明，不過這部車子的尺寸和運轉情況，眞是和美國大都市近郊和中型都市的生活完全吻合。不太大也不太小，坐起來不會太硬也不會太軟，而且行李廂很能裝東西，長距離移動也輕鬆便利。一般人每天接送孩子上學，順便買菜購物，一年兩次開車載全家去長途旅行渡假，這種車子配合這樣的生活是再適當不過了。而且最妙的是，開長途也不會腰酸背痛。這種安穩舒適的地方，令人覺得似乎很適合在美國開。不知道在日本開又會怎麼樣就是了。

但是如果你要問開 Honda Accord 很有趣嗎？並不特別有趣。因爲我沒有小孩，開車的時候不是一個人就是兩個人，買東西也不會一次買很多，所以不太有擁有「健全市民實用汽車」Accord 的必要性。那麼應該會想要開愉快一點的車子。而且已經跑過十萬公里以上的車子，腰腿也有點衰弱了。車體沒有一點瑕疵，引擎還很有力，幾乎也沒出過任何差錯，但是開往波士頓來回時有幾次在轉彎的地方覺得有點搖晃，因爲這經驗心裡覺得不妥，就決定換一輛新車。

於是接著買了德國的福斯國民車 Volkswagen。剛開始心想既然來到美國了就買美國車吧，很遺憾設計的風格和我的興趣不合只好放棄。雖然四輪驅動車和迷你休旅車的設計不錯，可是中小型轎車在我看來感覺就「有點那個」了。話雖這麼說，人來到美國了還開日本車也覺得無趣。於是決定買歐洲車，但問題是我沒辦法買太招眼的車。爲什麼嗎？這在前面也寫過了，因爲歸屬於普林斯頓大學，生活在這裡的人，對於開高價而招眼的車子「並不太鼓勵」。

上次我到加州的大學時，看到校園裡也停了不少ＢＭＷ和保時捷之類的，可是在普林斯頓卻不可能有這種事情。而且我所住的 faculty（教職員）用的住宅區附近停的，都是一些銹痕浮現的中古 Corolla、或保險桿開始鬆動的 Civic，全是這一類的車子。只要還能跑就行了。在那樣的車子之間，像ＢＭＷ之類的停在那裡，都會覺得太醒目了不太妙。

因此，想來想去最後還是決定到福斯車的經銷店去。如果是福斯車的話，買新的人家也沒話說吧。如果有人問起：「你開什麼車？」，也可以抬頭挺胸地說：「Volkswagen。」雖然說起來有點奇怪。

不過我買的 Volkswagen 也是其中最運動型的，叫做 Corrado 的車子。我選這車子，是因爲她小、又快、設計樸素、而且最重要的因爲是 Volkswagen。總之不會太醒目。而且和那同樣的理由，這種車在美國一點也不受歡迎。畢竟是在最不景氣的時候，想買這個等級車的一般美國人也會選擇更便宜、看起來更光彩的日本車。而且 Volkswagen 這名字，對美國人來說就好像等於是便宜而實用的代名詞似的，因此就算 Volkswagen 把這車子叫做跑車，任何人都不太會被吸引。雖然車子評價很好，卻賣得不太好。開在路上也幾乎不會遇到同款的車子。萬一會車遇到時彼此還覺得有點親切感，甚至會互相舉手打招呼呢。

就因爲這樣，還很幸運地以相當便宜的價錢買到這部車。賣車的負責人叫做保羅的大叔也說：「這部車在美國確實賣得不好，可是在歐洲評價很好，輸出美國的產品甚至還送回去那邊賣呢。」眞是莫名其妙的自豪方式。定價加上ＡＢＳ和天窗一共兩萬美元多一點，還說沒有折扣。「好吧，謝了。」說著我轉身要走，保羅說：「嗨，等一下。

再談一下看看還有沒有議價空間。」這樣留住我，結果才知道相當有討價還價的餘地。可以減價，而且還把我的 Honda Accord 買回的價格幫我提得相當高。嗯，我想是買得滿合算的。

就這樣，後來我就一直開這部 Volkswagen 了。雖然我並沒有多常外出遠行，不過一年裡來來去去的也跑了將近兩萬公里。這部車實際開了之後自然知道：「這種車在美國賣不好也難怪。」這如果在歐洲應該是會開得很快樂的車。以車子的洗練程度是差了一點，車門開關也不算好，不過在高速公路上咻咻地奔馳時，卻讓你深深明白這車子方向盤和煞車性能的優良。可是在美國開，老實說這優點無法突顯。首先，在美國高速公路的法定最高速限除了少數例外之外只有五十五英里（八十八公里），超過七十英里（一百十二公里）時就要準備被警察追捕了。因爲紐澤西州任何政府機關財政都是赤字，所以罰金的徵收很苛刻嚴格。到處都有警車埋伏。而且只要時速超過十五英里被抓到三次的話，駕照就會被扣，所以正當你想開始發揮一下本領時，一面盯著時速表總會自我節制下來。不但罰金令人心疼，如果駕照被扣的話生活就更難熬了。

還有，美國這個國家不管是好是壞，就是沒有階級這東西存在。這跟歐洲完全不同。高速車和低速車這種金字塔形的階級制度還明顯存在於歐洲高速公路上，而所謂的高速車也就是實用車。越貴的車子越可以在快車道上以越短的時間飛奔到達目的地。但在美國這種道理幾乎行不通。時速七十英里的速度任何車子都可以簡單辦到。例如從費城到紐約的95號公路，開保時捷和開 Toyota Corolla，所需要的時間並沒有極端的差別。那麼不需要多認眞追求速度，只要看起來光鮮亮麗，坐起來舒服自在，故障少，價格又經濟合理的車子是最理想不過了。我想這也許就是歐洲車從美國市場退出，日本車在這裡暢銷（當然我是指現在而已）的最主要原因吧。

我雖然沒有開過很多廠牌的車子，不過到目前爲止我開過的車子之中現在還印象深刻的，再怎麼說還是 Mercedes-Benz 190 和 Toyota Corolla 這兩部。這兩部車駕駛時的感觸到現在都還不可思議地記得很清楚。Mercedes-Benz 是爲了工作的關係租了大約兩星期來開。剛開始的幾天還覺得：「怎麼搞的，這就是賓士車嗎？不怎麼樣嘛！」有一點失望，不過時間一久，身體熟悉以後卻漸漸讓你一點一點地體會到那好處來。而且兩星期後幾乎壓倒性地服氣了。雖然因爲對那設計和商標有點抗拒，所以到現在我都沒有打算買這種車子，不過除了這些延伸的部分之外，我想總之這是會讓萬人服氣的車子。當時我拿來比較試開看看的 BMW 320——也租了兩星期左右——速度快、開起來痛快，像極高級的刀子一樣切割俐落，但這車子並沒有說服我。雖然很厲害，不過這種厲害讓你覺得上面應該還有吧。總之有趣的是會勾起慾望的車子，同樣也會給你挫折感。賓士車則沒有這個。既不會勾起慾望，也不會留下挫折感。

在這點上 Toyota Corolla 也不錯。我租車的時候就開過幾次 Corolla。正如您所知道的那樣租來的車子狀況好壞差別很大，狀況好的Corolla說起來就有一種「決定就是這部」的感覺。你到租車辦公室去，拿到鑰匙坐上駕駛座，一轉開引擎時，就會湧起一股像從幾年前就開慣的車子似的感覺。幾乎沒有任何不適應的地方。我想這眞不得了。當然性能上還有更高級的車子，不過這車子卻擁有某種可以稱爲徹底的清潔、和舒服似的。

比較之下，我到目前爲止所開過的車子，在最近出產的美國車裡面就好像沒有看到什麼令人印象深刻、有明確哲學，和存在感的車型。至少現在這個時間點，我就沒辦法看出其中有明顯的固有概念（idea）似的東西。當然因爲我只開過有限的幾種車型而已，無法做太明快的判斷。

於是，當這兩部車──賓士和Corolla，德國車和日本車──所謂的指標式兩部汽車並排展售時，一般的美國人會選哪一輛呢?從現實面來考量的話，大多數人可能都會選擇Toyota Corolla。有錢人可能會選Mercedes-Benz，不過這種階層從整體看來不用說是佔少數的。

前幾天我看報紙時，讀到一篇Eberhard Von Kuenheim，也就是ＢＭＷ總裁的採訪稿。由於美國經濟不景氣加上日本的市場攻勢，尤其高級車部分大量進口的結果，ＢＭＷ在北美洲的銷售量大幅下滑，似乎產生了很大的危機感。所以難免顯示出對日本車的厭惡。說日本的高級車，名稱雖然叫高級車，但終究只是「洗練的大型Corolla」而已。以餐點來說，就像比速食稍微好一點的程度而已。我們所製造的車卻根本上就跟這大不相同。傳統不一樣，格調不一樣。這是總裁的說辭。我想確實也沒錯。但問題是美國人相當喜歡開這種「洗練的大型Corolla」。我想大概因爲不會腰酸背痛吧，不過姑且不提這個，採訪稿中倒有一些很有趣的發言。

「相較於日本車，我們（比他們）擁有更大的領先優勢，我們以此爲榮。這是因爲，我們有這樣的環境背景。這兩千年、三千年的歷史淵源，源自希臘、也源自羅馬。還有文藝復興。一切款式設計都是從歐洲開創出來的。請看看希臘的寺院。也就是所謂黃金比例這東西。還有請留意一下平面設計和風格的組合。例如法國的流行服飾、義大利的高級紳士西裝。價值就是這種東西。而握有那價值的是我們哪。爲什麼嗎？因爲要確實學會這種東西，需要有所謂傳統這東西。還有歷經幾百年的教育。」

我雖然也承認BMW是好車子，不過這位Kuenheim總裁的發言基本上卻有一點不妥，細節也有幾分錯誤。例如說這兩、三千年的歷史源頭，要說是希臘、或羅馬，就未免太過分了。在世界史上歐洲眞正取得主導權的時間，頂多也不過從產業革命以後。我雖然不了解設計的專門領域，但我並不認爲黃金比例具有那麼絕對的價值。而且不是只有歐洲才有完備的教育制度。聽Kuenheim總裁說的話，好像歐洲以外的國家，或白人以外的人，都是既無傳統也沒受教育的野蠻國家、野蠻人似的。聽到這種流露本意的發言時，會開始覺得也難怪現在德國新納粹主義會抬頭。不只是我而已，我想美國人遇到這種黃禍論式的宣言時，也會覺得有點不自在吧。一個國家裡面有各種人種和文明，努力想辦法和睦共處——至少在這種前提下努力——以這個國家人民的感覺，對這位BMW總裁傲慢的發言應該會不太習慣吧。發明汽車的確實是歐洲人，因此關於汽車造型他們確實也有領先一日之長的地方。日本車頂多不過在模仿人家，Kuenheim總裁想表達的心情我也很能理解，我想那在某種意義上也是事實。不過其中所表現的不寬容性，鮮明的階級意識，和美國的風土顯然性質不同。我所駕駛的Volkswagen雖然不是那麼偉大的車子，不過在美國開起來，在生活感覺和駕駛感覺之間，好像有一片什麼東西夾進來似的，忽然覺得有點不自在。好像有「有一點不對勁」的地方。

這麼一想，雖然人家說日本車沒有創意或哲學或喜悅，不過日本的汽車製造商由於從下面往上面堆積起「洗練的大Corolla」式的東西，而逐漸一點一點創造出過去所沒有的新想法——一種足以和Mercedes-Benz相抗衡的想法——我甚至這樣覺得。不過這種新的價值基準，居然是從開車也沒有什麼樂趣的日本土壤中產生出來，要說不可思議也眞不可思議。那麼，今後世界是不是會逐漸全球化地變成一個更無聊而無趣的地方呢？或者相反地正因爲世界正逐漸變成一個太無聊而太無趣的地方了，所以日本式的東西才會在全世界受到好評呢？

話說我買車的經銷商剛開始是賣Volkswagen / Peugeot的經銷商，再次去的時候卻變成 Volkswagen / Mazda 的經銷商。Peugeot 因爲銷路太差忍無可忍而決定從北美洲市場撤退。而且在那兩個月後再去時，那裡已經變成專賣 Mazda 的經銷商了。雖然不知道理由何在，不過我推測可能因爲 Volkswagen 最近的銷路也不太好吧。賣車子給我的保羅正在櫥窗前勤快地擦著 Mazda 的 RX-7。一看到我的臉，保羅就說：「嘿，明年 Corrado 要出新的 V6 引擎的。車體雖然一樣，不過引擎會換新。這很快喲。」當然這跟他已經沒有關係了，不過好像對 Volkswagen 還很懷念的樣子。

「不用了，現在的就夠了。」我說。「不管能跑多快，反正在紐澤西速度也沒辦法開太快。」

「這倒是眞的。你說得沒錯，那部車已經足夠了。」

我以前每次經過那家經銷店門前時，總喜歡側眼望一望那些排在路上的 Peugeot 和 Volkswagen 的新車，現在那裡則排列著熟悉的 Familia 啦、MX3 啦、Miata 啦、MPV 等。雖然我對 Mazda 並不特別反感，不過每次看到這種新的光景時，就會忽然沉思起來。這是新 idea 的模樣嗎？就算這樣，Peugeot 的 405MI16 眞是相當漂亮的車子啊。

後記

VW Corrado不知道為什麼在麻瑟諸塞州好像賣得很好的樣子，在波士頓市內常常可以看

到。不同地方銷路也有所差別的樣子。然而前幾天我從報上得知，ＢＭＷ這種車子在美國好像是以爭議多聞名的樣子。這在日本就有點難以想像了。對這點ＢＭＷ明白地反駁。他們的說法是：「本公司在美國的車子爭議多，並不是因為車子有問題，而是美國人的駕駛技術、駕駛態度有問題。」還對美國人的駕駛技術、駕駛態度什麼地方不好做了詳細的說明，只是我已經忘了。不過真是相當不簡單的公司啊。Toyota 和 Honda 可能都說不出那種話吧。

在美國開車很愉快的事情之一是，路上可以看到前方車子保險桿上貼著稀奇古怪的貼紙。最近就看到幾種有趣的。

(1) This is my toy!（這是我的玩具。）這是真的沒錯，所以很有趣。

(2)「這輛車子常常會產生幻覺而停車」，這是模仿貼在郵務車和校車上提醒會緊急停車的貼紙。不過一瞬間會讓你嚇一跳。

(3) I'd cheat on Hillary, too.「如果希拉蕊是我太太的話，我也會對她不忠。」

對活力充沛的女人們的考察

認識了美國朋友聊到各種問題時，就算還不到「一定」的地步，至少也有十之八九會被問到幾個問題。

⑴住在美國感覺怎麼樣？——相當好。

⑵不久以後你打算用英語寫小說嗎？——答案是No。不可能寫得出來。

⑶你太太在做什麼？

這是主要的三個問題，如果對方是女性的話，第⑶個問題一定會出現，我想不妨這樣說。但是對這個問題卻很難簡短、而正確地回答。因爲我太太對這個社會並沒有特別「做什麼」。所以剛開始我只簡單地回答：「沒有，沒做什麼。只是一個家庭主婦而已。」我這樣說的時候，看到對方的臉色有點僵硬，才漸漸明白在這裏這不是他們對這類問題所期待的答案，於是我決定回答得稍微長一點詳細一點。

「首先第一個，她做的是我個人的祕書兼編輯的工作。她先閱讀和檢查我所寫的文章，然後陳述、整理她的感想。接聽電話（因爲我通常不接電話），寫回信。在美國也必須做同樣的工作，所以她也到學校去學英語。」

對我來說這是相當坦白而正確的狀況說明，如果在日本的話，我想大概百分之九十的人會說：「原來是這樣啊，」就認爲可以了。可是在這裏很多人卻不那麼簡單的認爲這樣就行了。她們多半會滿臉疑惑，一副「不只是這樣吧？其他還有做什麼呢？」的眼神，等你繼續說下去。只有這樣的話她們會認爲，結果那只是從屬性地在幫忙丈夫的工作而已（有這種臉色的幾乎都是女人，所以暫且讓我用她們這個代名詞）。我說明：「如果她不幫我做這些事的話，我就無法專心工作，所以幫助非常大。而且也有一部份可以說幾乎是共同作業了。」但她們還是給我這樣的臉色看：「可是，你雖然這樣說，但書的封面上卻只出現你的名字而已吧。」確實正如她們所說的那樣，我也無從反駁。

沒辦法，被她們這樣一說，我也只好出下一招，接著說：「其實她也在拍照。」住在歐洲的時候，我打算寫遊記正在做旅行紀錄時，我太太則擔任類似攝影師的角色，後來有人看上這些照片，我們還出了類似小寫眞集的書。我把這件事情拿出來講。至於她本人雖然說：「照相機和備用交換鏡頭都又重又佔空間，還要一一去考慮底片的感光度多少啦，光圈多大啦，什麼的好煩人，我不想照相了。這麼麻煩的事情暫且丟開吧，我只想悠閒地旅行就好。」這話我當然保留沒說。

不過總之提到照相的時候，大家才總算點頭了——不如說這時候大家總算安心了。「原來如此那眞美好。從今以後最好也繼續一起這樣做下去。」說著才第一次對我露出微笑。在美國自我介紹也是一件相當辛苦的事。因爲他們確實已經有「期待中的答案形象」這樣的東西，如果你不能在那裡順利登陸的話，他們不太會認同你。反過來說你一旦和他們所期待的公式吻合的話，接下來的事情他們多半會對你很寬大爲懷。這種情況經驗過幾次之後，我卻感到美國這個國家雖然標榜自由，但實際上外框（前提）卻有一點太硬了吧。怎麼說呢？覺得好像不得不用腳去適應太硬的皮鞋。相較起來，歐洲社會再怎麼說都比較老成圓滑，擁有融通無礙的柔軟彈性。不過這種傾向也許只有美國東部的知識階級特別明顯。

例如有這樣的狀況：「我太太來到美國之後，特別關心無家可歸的流浪漢，每天到流浪漢收容所的餐飲中心去做志工，每星期兩次去學校學習希伯來語，希望將來能把希伯來文學介紹到日本去」的話，大家一定會非常認同。大概會說：「那眞是一件美好的事情。您有這樣的太太應該感到自豪。」（當然去幫助流浪漢，去學習希伯來文學，我都沒有任何異議，我也覺得這是非常光榮的事情……不過這只是舉例而已）。以我的印象來說，美國女人好像大多事先確實準備好某種有形的可以明白開口說出「我正在做什麼」，讓每個人可以認同「原來如此」的一件事情。我個人把這個稱爲PC（political correct，政治正確）token（代幣）。

從她們的見地來說，我應該雇用某人當祕書，把有關我工作的事情交給這位祕書去做，讓我太太可以爲自己的工作生涯累積經驗，或者從事某種自己發自內心、自願去做的工作。這樣的話，女人才可以擺脫丈夫的陰影，開始在精神上獲得獨立自主。

我覺得好像用水桶接力救火（bucket relay）似的，我想這要說是正確理論確實也很正確。如果這樣做女性可以獲得幸福的話，我對於她以這樣的形式獲得獨立自主並沒有任何異議。不過在那同時每個人都各有不同的情況，我想並不是全世界的女人都非要過同樣的生活方式不可。尤其我向來都是抱著「我是我，別人是別人」的想法活過來的，所以對於像這種事事一般化的作法，不免要懷疑「是這樣嗎？」例如假如我太太說：「我想認眞拍照片（或者想要試著探討流浪漢的問題，想要學習希伯來語），所以不能再幫忙你的工作了。我的人生是我的人生，我不是爲了免費幫助別人工作而生的。你的工作你自己一個人去做吧。我要做我自己想做的事情了。」我當然不會反對。結果很多日常雜事就不得不自己接下來做，雖然很麻煩，因此會花掉很多時間，沒有人幫我檢查文章也很傷腦筋，不過，我一個人還是能過下去。只是目前她還沒有提出來，所以暫時還照樣維持現在的生活方式。如果有人說這樣不對，或許確實不對。不過也不能馬上改變，到底有誰的人生是沒有錯的呢？又有誰能充滿自信地斷言，你的人生錯了或沒錯呢？

我跟我太太是大學時代認識的，我們還是學生的時候就結婚了。離開學校以後，我們到處貸款，開了一家可以聽爵士音樂的小店。那是七〇年代初期，當時全共鬥的時代有類似「到公司上班是一種墮落」的思想，社會上還遺留有少許 counter culture（反抗文化）式的氛圍。而且我們覺得所謂男女、夫婦基本上是平等的，所以基本上也應該平等地工作。我們有這種想法，所以離開學校以後，沒有去上班，自己想辦法籌錢開店。我們當時可以說是過著相當激進的生活。

那家店開了七年，在那七年之間，我們的角色幾乎完全平等。大概在同樣的時間工作，大體上做著相同的勞動，分擔家事，當然收入也平分。不過後來我開始寫小說，漸漸的無論如何都想當一個全職的小說家，終於決定把店結束掉。心想暫時專心執筆幾年，如果生活過不下去了，再回頭來開店吧，不過幸虧書賣出去了，可以當一個專業作家了。回想起來，把店關起來的當時，當作家的收入還沒有開店的收入多。不過不管怎麼樣，寫來寫去的十二年之間，我們一直就靠我一個人的收入（稿費和版稅收入）過日子。這跟開店的時候比起來眞是一百八十度的大轉變。

剛開始的時候，我太太常常抱怨。她說像這樣只靠你一個人的收入吃飯是不是不對呢？我想她這樣說確實也有道理。不過我也這樣想：「這終究是人生的際遇，如果因爲某種原因發生相反的情況，也不是不可能。如果這樣想的話，問題可能就超越男人和女人的性別差異了。」

有時候我也會想如果我和她的立場完全逆轉的話又會變成怎樣呢？如果她是一位職業作家，我們兩個人可以只靠她的收入生活（換句話說我不必工作），我也沒有特別希望外出去工作，於是整天在家裡做點雜事，讀一讀她的稿子，檢查是不是妥當，做類似祕書的工作生活的話，不知道會怎樣。英語的話把這種假定叫做「把腳伸進別人的鞋子裡試看看」。

試著把自己的腳伸進這樣的鞋子裡時，我想我大概會一面幫助她的執筆工作，一面也想自己另外做一點什麼吧。不管別人肯定也好不肯定也好，例如把翻譯之類的工作當興趣來做。有時候被人家說：「太太會賺錢，眞好啊，」這樣語帶諷刺也許會受傷，不過基本上我還是會以自己的步調活下去。當然這只是一種假設而已，所以不能說絕對會那樣，但我大體上性格是這樣。

不過如果我太太眞的當一個小說家而且很成功，我一直擔任她的秘書兼編輯的角色，像約翰．藍儂那樣做著家事、育兒等工作的話，美國女性聽到了大概會非常高興吧，或許會對我有很高的評價也不一定。不過實際上情況卻相反，所以大家臉色不太好看。光是男女立場交換，價值的評價居然會有這樣大的轉變。

我來到美國生活以後，覺得很佩服的正是這種大家對女性主義關心的強烈。或者不如說，女性主義的觀點已經在生活上生根了。例如用英語說話時，如果不小心把 anyone 當作 he 來看時，有時候會被糾正。我說這確實是我不小心，以後我會注意。可是船和國家以 she 來表示又怎樣呢？我試著這樣問時，得到的回答是：「這將來也會逐漸被 it 代替吧。」說得很有道理。spokesman 變成 spokesperson，chairman 變成 chairperson 已經是常識了。不過像其中有一位叫做 Goodman 太太的康乃迪克州主婦，竟然改名成 Goodperson，做到這個程度就未免太過分了吧，還是有這種現象。話雖這麼說，不過要不要改名，終究是個人的自由，別人也沒有插嘴的餘地。

大學的文學研究方面女性主義的氣勢也很強。任何地方的大學有關「女性文學研究」或「從女性主義觀點出發的文學批評」講座，都吸引很多學生（不分男女）參加。我也在做英翻日的小說翻譯，當我對人談起來，提到我翻譯的作家名字時（Raymond Carver、Tim O'Brien、Scott Fitzgerald、John Irving、Truman Capote……），在場一定有女性舉手，然後飛過來這樣一個問題：「你現在所提到的作家都是男性。這是刻意的嗎？爲什麼不翻譯女性作家的作品呢？」被這樣質問時，會忽然覺得自己好像變成一個沒有生存價值的人似的。我並不是以女性作家、或男性作家的區別去讀小說的。小說只要讀起來有趣，作品傑出就好，對我來說那位作家不管是穿裙子也好，穿長褲也好，都不是多大的問題。但以結果來看，我所翻譯的作品確實都是男性作家的。爲什麼呢？我也不知道理由何在。不過碰到那樣的時候，我會說：「我也翻了幾篇 Grace Paley 的作品。」因爲 Grace Paley 從女性主義觀點來看的話是百分之百正確的人，於是才說「那還差不多」而放過了我。我不得不感謝 Paley 女士。不過我喜歡 Grace Paley 的小說，並不是因爲她是女作家，也不是因爲有女性主義的態度，而是因爲她以一個作家，以一個文人來說很傑出的關係。因爲身爲一個讀者我可以單純而坦然地產生共鳴的關係。這種發想或許很反動、很沒有自覺吧，結果我可能被當作女性主義的敵人了也不一定。

我並不是對當地極爲盛行的女性主義文學評論有什麼不滿。我想從這種新的切入角度，新的觀點來讀文學確實是很有趣的嘗試，我想在評論的領域許多人也確實完成了一些良好的工作。而且我想從這種觀點今後也將對小說的書寫帶來一些確實的變化。

只是我認爲，事情的所謂正確要素（momentum），本來應該含有根本的疑念。或者說，本來正當的要素這東西畢竟應該發端於樸素而自然的疑問。從這樣的疑問中逐漸產生：「暫且變成這樣，不過其實可能是這樣？」「不對，其實應該是這樣？」從這種種假設的累積中又產生一個重要的可變的要素。可是在某一個時間點那樣的假設一個一個固定僵化下來而失去本來的可變性，變成誰都可以理解的命題，於是便產生了那宿命性的史達林主義。在文學世界來說，學者中等而下之者恐怕會把這裡當成緊要關頭而死命抓住不放形成「蜘蛛絲」。我所擔心的是這種史達林主義式的細部僵化傾向，而絕對不是女性主義文學評論的全體。

這個暫且不提，美國文學業界女人們所佔的比例非常大。是日本所難以想像的大。例如我在這邊一起工作的文藝經紀人、出版社、雜誌的編輯，有百分之八十是女人。大家都很有能力，又熱心，更重要的是活力充沛。每天每天都很忙的樣子，雖然有時候應該也會疲倦，會厭煩或氣餒吧，不過每次見面或打電話的時候，聲音都明朗宏亮活力充沛笑嘻嘻的，積極工作著。我不禁要想她們是不是偶爾會到化妝室去面對鏡子對自己說：「我今天也很有精神、我今天也很有精神。」不過不管怎麼說，我都覺得這種態度眞了不起，跟她們一起工作眞快樂。

「編輯裡面女人佔多數，老實說是因為在美國編輯的薪水不太好的關係。跟日本不一樣。」她們中的一個這樣告訴我。「我們不是爲了錢，而是從根本就喜歡出版的工作才做的。經濟上嘛，說起來大多都有丈夫，那邊會幫妳賺錢回來呀。」

不過就算有這樣具體的情況，看到紐約精力充沛的婦人們（或稍微過了適婚年齡的小姐們）那副專業認眞的工作態度時，連我都會覺得非努力不可了。她們當然有自己的家庭生活，所以幾乎不可能像日本編輯那樣交際應酬：「怎麼樣，今天晚上要不要到哪裡去吃飯？」一起吃飯也大多只是一小時就結束的商業午餐。偶爾會邀我：「跟太太一起來我家吃晚飯吧。」不過這可是例外。我偶爾也會想到，如果日本也一樣男的編輯人數快速減少，相對的主婦編輯者增加的話，編輯和作家的關係也會更專業化，豈不更好。要這樣的話，必須像美國那樣乾脆削減出版社職員的薪水……不過這樣說太可怕了，沒辦法大聲說。

以我來說，看到這樣實際上眞的精力充沛的女人時，會強烈地認同美國的所謂女性主義就是從這種地方草根性地、健全地生出來的啊。我——可能因爲自己是實際上運動身體生活著的關係才會這樣想——有一種傾向，覺得現實上運動身體的人比只談理論的人，更吸引我。這些人首先就不會對我提出「你為什麼只翻譯男作家的作品呢？這其中意味著什麼嗎？」之類的問題。雖然我並不是說這種問題沒有意義，不過以我來說，如果可能的話，希望能在不太需要拘泥於這種革命法庭式枝微末節的世界裡過正常生活。不管怎麼說，無論提倡的思想正確與否，會仗著某種勢力不客氣地大聲嚷嚷神氣蠻橫的人——不管是男人或女人——基本上都不可信賴，這是我的想法，你覺得呢？

後記

我覺得，在美國這個國家，所謂「概念」這東西一旦建立之後，就會逐漸變大變強下去，似乎有變成理想主義式的（and / or）、排他性的傾向。常常有人說：「自然模仿藝術」，我覺得在這裡「人類模仿概念」的情況好像很多的樣子。這個概念以YES．NO、YES．NO繼續熱心而認真地追求下去時，例如竟然會發生提倡愛護動物的人襲擊肉類工廠妨礙營業，反墮胎者拿槍射擊做墮胎手術的醫師那樣狂熱的事件，這種事情以正常頭腦思考的話實在難以相信。就算當事者是非常認真的。

我想像或許因為這是一個人種上和宗教上都集合了各種來源的人所聚集而成的國家，因此所謂共通概念這東西可能具有像共通語言一樣巨大的價值吧。那或許扮演著圈起桶子的箍環般的角色。不過老實說，有時談著談著會覺得無聊。就像高中時候，在社團活動時被班上認真的女生幹部追究說：「村上同學的想法有點奇怪」似的心情。被人家這樣講的時候，我會想反駁：「沒辦法，因為天生就怪嘛。不過妳這樣講的臉色也相當怪喲。」這種話當然沒有說。

就像安西水丸兄說：「村上君的臉最近越來越像我畫的臉了。」或許這也是「人模仿概念」的例子之一。

終於悲哀的外國語

大約一年半以前，我到住家附近的語言學校去學兩個月左右的西班牙語。到美國來學西班牙語雖然說來有點奇怪，不過因爲一來想到墨西哥做一個月左右的旅行，再說翻譯英語小說時也常常需要一些西班牙語的基礎知識，我想正好機會難得，便決定去好好學一學。因爲是跟美國人一起用英語學習外語，所以也打算順便練習英語。學校是那家有名的 **Berlitz**（順便提一下美國式的說法是巴立茲），很巧剛好在優待期間所以學費相當便宜。教科書絕不貴。如果買學校「強力推薦的」練習用套裝錄音帶的話就會變得很貴，不過以我過去的記憶，語言錄音帶幾乎不太有用，所以沒買。我在日本並沒有去過同類語言學校的經驗，因此無法正確比較，不過從朋友聽說的來想像，我想比在日本的語言學校學習外語費用便宜多了。在美國會說西班牙語的人滿街都是，要找教師很簡單，大概也是原因之一。緊鄰我所住的區域後面也有西班牙語系的人所住的一角，走在這邊聽到的幾乎都是西班牙話。

班上總共四個人，上課從晚上七點開始。老實說我在天黑以後是不太喜歡工作或學習的，不過因爲只有這個時間才有課，所以由不得我挑選。因爲很多人是工作結束後才來學習語言的。除了我以外的學生，有兩位上年紀的太太，和一位三十開外的雅痞風黑人。太太中的一位在波多黎各或什麼地方擁有時間分攤制的渡假別墅，常常到那邊過冬，因此想好好的把西班牙語學會。或許她先生退休後打算到那邊去渡過餘生也不一定。上年紀的美國人似乎很多因爲這樣的動機開始學西班牙語的。另外一位太太學習西班牙語的動機則不明。

問題在叫做恰克的雅痞風黑人（或許眞正的名字不叫做恰克，不過因爲記不清楚了就假定叫恰克吧），這位老兄在某家銀行上班，下班後急忙吃過晚飯就趕到巴立茲來。他總是穿得很整齊。Ralph Lauren 的襯衫配亞曼尼的眼鏡，這種氛圍。雖然說是黑人不過膚色是還算相當白的咖啡褐色。這個人並不是因爲想學西班牙語才來學的。我忘了問他是爲了什麼目的學的，不過因爲銀行上司命令他「你去把西班牙語花三個月給我學會」，於是心不甘情不願地只好來學西班牙語。而且經常爲這個而嘀嘀咕咕猛抱怨。上課前幾分鐘，對我們說：「我啊，其實並不想學什麼語言的。不過學費既然是銀行幫我繳的就算了。」「今天晚上電視上有精采的籃球比賽轉播呢。眞想留在家裡一面喝啤酒一面看球賽的。」「上完一天班，還不得不來上課，眞受不了。」老是這樣嘮嘮叨叨地發牢騷。和電影上經常看到的美國幹勁十足積極進取的精英上班族的印象相當不同。

這位恰克老兄不知道是不是本來就沒有語言天份，或者因爲不太有意願，所以無論文法或發音都幾乎不想去記（或者記不得）。因此因爲這位老兄的關係上課進度進展得不太順利。反而經常拿無聊的理由當藉口，抱怨「爲什麼要做這麼奇怪的活用變化呢？」之類的。我想他這樣一一抱怨又有什麼用呢？他自己犯了錯的時候，還藉口說：「我在大學上的是拉丁語呀，西班牙語我就不太清楚了。」你到底在什麼大學拿拉丁語學分的，眞想這樣問他。可是一旦話題脫線偏離了西班牙語之後，他就嘰嘰呱呱地說個沒完。說他在這初級西班牙語班上雖然很無力，不過出了社會，自己可是個很行的人哪，這樣吹噓自誇。老實說眞是個令人受不了的男人。老師也相當挫折的樣子，不過美國這方面的學校老師只要學生稍有抱怨上去的話，就會被學校解僱，因此都會很有耐性地配合程度最低學生的步調進行授課。如果有人在中途卡住了，就不會往前進。這樣一來與其說是「學生」不如稱爲「顧客」更恰當。就因爲這種種原因，我在上過最初的十幾堂之後就不再去了。我對上課本身並沒有什麼不滿，不過覺得跟這位恰克老兄一起學習完全是一種折磨。在語言教室跟別人一起學習語言，還眞是一件相當困難的事情。從我的經驗來說，學語言這件事某種程度如果不以斯巴達式「跟不上的傢伙就隨他去」的嚴格教法，是沒辦法教，也沒辦法記得的。

後來我找到一位私人家教一個人一點一滴地繼續學西班牙語，不過再後來因爲開始寫起小說，時間實在不夠用了，才像斷尾蜻蜓般中斷掉。雖然如此當我背著行囊在墨西哥一個人旅行時，光靠這非常基本的一點西班牙語知識還是相當管用。雖然說起來是理所當然的，不過至少比一點都不懂要好多了。

這六年多之間，我有將近五年離開日本住在國外。換句話說是自己選擇置身於不用外語就無法活下去的狀況。我想事到如今才這樣說也很奇怪，不過老實說我才漸漸開始覺得自己好像不適合學外語的樣子。

試想起來，雖然期間有長有短，不過到目前爲止，我眞的學過很多種外語。國中高中時候當然學過英語。大學修過德語。大學畢業後，向法語很行的朋友學過法語。學法語的時候也和學西班牙語時一樣，好像因爲沒有基本程度的話很難翻譯英語小說所以才學的。老實說還沒去過法國，所以還完全沒有說的經驗。只有閱讀而已。希臘語，是爲了要去希臘住，而到日本某大學去上課，學了相當長的時間。義大利語只簡單學一點，不過因爲在義大利住過一段時間，所以買東西、用餐、問路還可以。土耳其語也是在去土耳其旅行前一個多月跟老師密集學習的。每次學的時候都覺得相當愉快，當時還覺得自己好像很適合學語言的樣子。

不過現在回頭想一想時，卻覺得自己的想法好像錯了。以我的傾向、性格來說絕對不適合學習外語，尤其年紀越大，我覺得自己的「不適合」就變得越明顯。最近更重新覺得「不行了。不管再多認眞學習語言，也不會進步了。」或者應該說，自己身上學習外語的優先順位已經隨著歲月的經過而逐漸退後了。

最大的原因，可能因爲分配給學習語言的時間變得捨不得了。年輕時候有的是時間，也有學習未知語言的熱情。其中還有對知識的好奇心，有對征服困難的高昂鬥志。對不同種類的新鮮溝通方式仍懷著期待。甚至是一種知性的遊戲。不過過了四十歲以後，漸漸在意起自己往後還剩下多少有效歲月，與其沒頭沒腦地去記憶西班牙語和土耳其語的動詞活用，不如去做對自己來說更切實際的必要事務比較重要吧。一開始介意起這種事情之後，就不太能夠再學習語言了。如果不需要這麼努力，就能像吸進空氣一樣自然地一一快速學會的天才的話，倒還另當別論（這種人我身邊實際上就有幾個），可是像我這種不下苦工就沒辦法學會的人，年紀大了之後，就相當辛苦了。而且我開始想就算能夠用幾國語言溝通，反正我這個人能對別人傳達的事情本來也很有限。

這一次學習西班牙語，我深切感覺到的就是這種事情。無論如何都無法集中精神在語言學習上。就算沒有恰克那麼糟糕，可是腦筋總是沒辦法專注在學習上。從前不會這樣的。不管怎麼樣都能集中注意力在文法結構的理解、單字的記憶、正確發音的練習上。可是現在這些都變得不可能了。當然年紀大了，要學習什麼知識時，集中力的絕對量可能已經逐漸降低了。不過我想非常單純，更大的原因還是因爲時間的總量已經不夠了。簡單說就是：「我沒辦法什麼都做了。」我所謂的優先順位就是這個意思。

我在美國已經住了兩年以上，十年來一直在做英語小說的翻譯，所以當然英語會話某種程度還可以。不過老實說我相當不擅長用英語跟人交談。我本來就不擅長用日語說話，說著說著就會覺得心情逐漸沉重起來，用英語也一樣。所以我不太會想用英語積極跟別人談話，不用說，這樣的人英語會話能力是不太會進步的。

常常有人說日本人對自己的外語說不好感到過份害羞，所以語言不容易進步，我對這個倒不太覺得害羞。我想不管說得不好，或文法錯誤，或發音不正確，因爲是外語某種程度這也是沒辦法的。我想到的其實是，用日語都沒辦法把自己想表達的事情朗朗上口地說出來的人，再怎麼熱心學習外語，用那語言恐怕還是沒辦法順利表達出來吧。這本來就是性格傾向的問題，想改也沒辦法輕易改過來。就像沒辦法唱好日本歌的人，用英語唱也不可能一下子就變得很會唱歌一樣。

何況我在那邊是大學的東方語文學系，所以教職員和學生大概都會說流暢的日語。他們說的日語比我說的英語要流利多了，而且他們爲了練習也想用日語，所以我也自然不知不覺地用日語說出來，因此我的英語會話能力就更不會進步了。跟我比起來，屬於經濟學系或哲學系的人，不管願不願意都不得不整天用英語，所以一年下來英語進步非常多。

上次我跟學生們一起在研討會上難得好好的詳細閱讀小島信夫的《美國學校》，很多地方覺得「這種感覺我了解」。故事簡單說就是主角叫做伊佐的英語老師，在戰爭結束後的時代，一方面對用英語說話感到深深的無力，一方面卻不得不去美國學校觀摩學習，在那裡處於不得不用英語說話的狀況。要說可憐也很可憐，要說滑稽也很滑稽，不過用外語說話這行爲，或多或少總有「要說可憐也很可憐，要說滑稽也很滑稽」的部份。我雖然沒有伊佐那樣憂慮，不過在一面拼命說英語之間，也會一面忽然想到：「我爲什麼非要這樣不可呢？」有時候被商店的售貨員大聲反問：「What?」，有時候到汽車修理廠去對著工人汗流浹背結結巴巴地說明車子的狀況（方向燈英語該怎麼說呢？）有時候自己都開始覺得很不中用。走在路上聽到五、六歲的美國小孩說著流利而漂亮的英語時，想到「連小孩都這麼會說英語呀」不禁愕然心驚。雖然仔細想一想這本來就是理所當然的事情，不值得大驚小怪的，不過還是會一瞬間忽然這樣想。唉，是自己自願跑到國外來的，所以也不能去怨誰。

前幾天住在紐約的作家 Mary Morris 招待我們去她家晚餐。Mary 去年一年在普林斯頓的英文系教創作，我們就是在那裏認識的。普林斯頓的英文系擁有喬伊絲・卡羅・歐茲（Joyce Carol Oates）、童妮・摩里森（Toni Morrison）、羅素・班克斯（Russell Banks）等大名鼎鼎的作家，我實在不敢跟這些人接近。順便提到童妮・摩里森在普林斯頓大學還以受薪最高聞名。我並沒有親自看到明細表所以無法斷言，不過有這種傳言。創作學系的老師們兩星期會有一次午餐招待會，我也被招待過幾次，因爲門檻很高所以後來就不再踏進去了。跟這比較起來……這樣說就不方便了，不過 Mary 跟我年紀差不多，個性也很開朗，我們還有共同的朋友齊藤英治（他翻譯過幾部 Mary 的作品），感覺可以輕鬆地交往。經紀人相同，我到墨西哥旅行的時候，碰巧帶了她寫的墨西哥遊記叫做《沒有東西需要報稅的》，讀起來很有趣——這本書有翻譯，不過我忘了日語版的書名了——她也碰巧讀過我的書，因爲這樣所以我們開始交往得比較親近。

Mary 住在布魯克林一個安靜悠閒區域的公寓裏，附近就住著保羅．奧斯特（Paul Auster）夫婦，於是加上從曼哈頓來的 Mona Simpson 夫婦，當天就變成相當熱鬧的晚餐聚會。可是這樣一來，很遺憾我就不太跟得上他們交談的速度了。如果是一對一的談話的話還不至於不方便，可是變成四個人五個人的時候，會話變成大家一起掃射機關槍似的，好不容易才追上大家的話題。雖然談話內容本身相當有趣，但仔細用心聽著之間，兩個小時下來神經繃緊得累趴趴的，整個人就鬆懈下來了。神經一開始鬆懈，注意力就降低，自己的英語也漸漸不太出得來。雖然不是超人，不過總之就像「電池耗盡」的狀態。有機會用外語會話的人，大概都有這種「電池耗盡」症狀的經驗吧。

不過再怎麼說，能夠和保羅．奧斯特見面眞是愉快。我以前就自己隨便想像奧斯特這個人大概是一個相當優秀的樂器演奏家吧。於是我問他：「你的文章在結構上、時間上，都非常有音樂感，讓我想起非常優秀的演奏家的風格。」我這樣一說，他就笑著搖搖頭。

「眞可惜我不會彈奏樂器。只是有時候會敲一敲家裏的鋼琴，不過我想你說的非常正確。我寫小說的時候，經常都一面想著樂器演奏的事情，一面寫著創作音樂的事情。

我常常想如果我能演奏樂器的話該多好。」他說。也就是不中亦不遠，的意思。

我並不是爲我自己說話不流暢辯解，我想就算外語說得很流利，可以充分和別人溝通意思，但個人和個人的心情也不見得都能夠順利相通。有時候越是話說得流利，意思可以充分溝通，反而陷入更深的絕望感中，有時候雖然結結巴巴的但是心情卻能互相契合。如果以樂器的演奏來比喻的話，縱然擁有超凡絕俗的技巧也未必能夠明確地表現音樂，是一樣的道理。當然沒有技巧不如有技巧。首先如果不會看樂譜的話也沒辦法演奏。不過說得極端一點，即使頻頻出錯，中途停頓、演奏中斷，應該還是有打動人心的演奏。我這樣覺得。以我的經驗來說，用外語對外國人傳達自己的心情，正確的傳達秘訣是這樣的。

(1)首先要正確掌握自己想說什麼。其次把這重點，盡早找機會先用簡短的語言明確地表達出來。

(2)用自己也能確實理解的簡單語言說出來。不需要用困難的、高明的語言，不需要故弄玄虛矯揉造作。

(3)重要的部分盡量用解釋（paraphrase，換句話說）慢慢說。可能的話並加入簡單的比喻。

只要注意以上三點，即使說得不流暢，我想你的心情也比較能夠清楚地傳達給對方。不過這個我想也可以照樣化爲「文章的寫法」。

後記

Mary上次來到波士頓，為新書作朗讀（收集女性所寫旅行遊記的文選）。我也去聽了，後來我們一起到日本料理店去吃了壽司。「因為Toni（Morrison）拿到諾貝爾獎，所以普林斯頓非常熱鬧噢。」她說。真是值得恭喜。我太太說有時候會分不清Toni Morrison和Whoopee Goldberg。真傷腦筋。

穿上運動鞋去理髮廳

我實在實在已經不是被叫做「男孩子」的年齡了，可是依然不可思議地還會被「男孩子」這個字眼所深深吸引。我還滿喜歡這字眼的語音，和隱藏在這字眼裡類似心境般的東西。世上有些人會被人家說：「哇，那傢伙是個男人。」不過我覺得與其說「男人」的印象，還不如說「男孩子」的印象，跟我似乎比較接近的樣子。這樣說的話，可能會被人家數落道，所以說你就是這樣不成熟、不社會化、像個小孩似的。不過我想也未必都是這樣。倒不如說這是跟實際年齡不太有關係的——當然也不是完全無關——某種看事情的方法、價值觀的問題。應該一定也有雖然在社會上已經確實成熟了，但同時在某部分還繼續維持著「男孩子」的人。

至於「那麼男孩子到底是什麼？」，這多半是心情上、感覺上的東西，因此很難以語言來確實下定義。雖然要說也不是不能，不過我想會變得非常囉唆而拐彎抹角。跟那不同的是，如果有人這樣問：「對你來說『男孩子』的具體形象是什麼樣子呢？」我的回答就既簡潔又明瞭了。一一條列出來就是：

⑴穿運動鞋。

⑵每個月去理髮廳（不是美容院）一次。

⑶不一一找藉口辯解。

這就是對我來說「男孩子」的形象。很簡單吧。如果有人滿足這三個條件的話，和年齡無關，至少對我來說這個人就是個「男孩子」。而且我自己從很久以前開始（已經想不起來有多久了），就希望活著能盡量一直滿足這三個條件。

但如果要問提示的條件既然簡潔又明瞭，那麼實行起來想必也一定很簡單囉？當然不是。雖說只是簡單的三個項目，但要在長期之間繼續維持的話，還是自有那所謂辛苦的地方，結果從中也會生出某種哲學似的東西來。不，說是哲學這樣的表現也許有點過火。或許說這是從經驗得來的觀點比較接近。從持續的辛勞中——這和是不是眞的那麼辛勞幾乎沒關係——往往會產生這種東西。

總之就來檢驗一下我自己的情況吧。

以第⑴項目來說，我現在確實依然符合男孩子的條件。我一年之中大約有三百二十天左右穿著球鞋過日子，偶爾穿皮鞋時，就覺得好像在僞裝身分似的，不太自在。這雖然不是什麼值得自豪的事情，不過這一點幾乎沒有問題。

但要繼續做到第⑶項，「不一一找藉口辯解」這個項目，眞的很困難。就算你沒有打算辯解，卻不知不覺說溜嘴：「不是啊，其實那是……」在日常生活的局面中經常會冒出像這種帶有辯解意味的說辭，自己忽然發現時滋味不好受。在一個人可以隨心所欲的年輕時候倒還好，長大後踏入社會越深，不知不覺漸漸被納入複雜的人際關係之後，要完全不辯白、不解釋地活下去，幾乎變得不可能。在那每個階段如果不說該說的藉口、託辭的話，現實上可能會遭受損失，或被誤解而深深受傷。會給別人添麻煩、有時候甚至會無意間失去重要的朋友。在普通的世界已經相當嚴重了，要是我所屬的文藝圈的話，事情就更麻煩了。因爲在這裡，各種意見會一一化爲文字印刷品，廣爲傳播開來。所以當然，結果這些辯白、解釋也就不得不被廣泛運用了。

可是一旦進入這種辯解的循環圈時，那才眞的一一都要變成山羊的郵件（譯註：典故是日本童謠，白山羊寫信給黑山羊，黑山羊還沒看就把信吃掉了。黑山羊又寫信問白山羊信裡寫什麼，白山羊還沒看就把信吃掉了。於是白山羊又寫信……就是「沒完沒了的循環」的意思。）一般不得不找藉口了。到哪裡爲止是眞正必要的藉口，從哪裡開始其實是沒有必要的託辭呢？界線漸漸模糊不清起來。所以我幾乎在當上小說家的最初階段，就下定決心一定不要用文章來爲自己個人辯解。因爲我不是很堅強的人，在日常生活中也許會在不知不覺間做出爲自己辯解的事情。但就是不要用文章來做這種事情。雖然聽起來有點小題大作似的，例如就算全世界都誤會我，那也是沒辦法的事情，基本上我這樣想。反過來說，「所謂小說家，不管是好是壞，如果那麼容易就讓大家都輕易了解的話，可能也受不了。」雖然也有「知識是力量」的說法，對小說家來說，反而是「誤解是力量」才對吧。在小說的世界與其累積理解而得到理解，不如累積誤解所得到的理解，往往能擁有更強大的力量。

不過這種事情一開始寫起來會沒完沒了，那才眞的變成發牢騷了，話題差不多該轉回到(2)的理髮廳去了。老實說，這理髮廳問題才眞是這次稿子的中心話題。

我在這六年之間的大部分時間幾乎都在國外生活，一面爲理髮廳的事情眞傷透腦筋，一面也繼續吃盡了苦頭。我甚至想在這個世界上，大概很少像我這樣一面頻繁、而深入認眞地思考理髮的事情一面活著的人吧——當然理髮業相關人士除外——總之，一開始寫起理髮廳的問題，幾頁都寫不完。

我並不是一個講究髮型的人。正如看了我的大頭照就知道的那樣，我的髮型沒什麼特別。從六〇年代到七〇年代因爲時代趨勢的關係我留過比較長的頭髮，但從那以後爲了跑步和游泳方便起見而改留相當短的髮型。說得明白一點，是一點都沒有藝術感的髮型。甚至連髮型都稱不上的樣子。既沒有燙髮、沒有留馬尾巴、沒有用任何髮霜、髮油或慕斯。只是直直地剪短、用梳子梳直而已。只爲了這樣而已，一個人爲什麼會煩惱那麼多呢？你或許會有這樣的疑問。不過我的頭髮有一點自然捲，要取得平衡還眞有點困難，並不是「隨便剪短一下就ＯＫ的。」如果搞不好眞的會很糟糕。我曾經從理髮廳回到家一照鏡子，就難過得一星期都不敢出門。人都各有種種無法簡單說明清楚的情況。

住在日本的時候，我每次都到東京市內某家理髮廳去。我定期到這家理髮廳去已經有十五年了。以大約兩個月去三次的頻率去那裡，「你好！」說著就在椅子上坐下來。這樣而已。一切都不用考慮。由於長年往來的默契，所以這裡的人都非常知道我的頭髮該怎麼剪才好，能夠很有要領地幫我處理。所以雖然我從習志野搬到藤澤、再搬到大磯，但一到理髮的時候，總是搭上電車到東京去。從來沒有去過所謂男女美容院。叫我仰著往後躺著洗頭，我覺得好像是對人性的一大侮辱似的。因爲一個人讓人家洗頭髮時的臉色絕對像個傻瓜，那樣的臉色往上仰著暴露在世人前面，簡直除了恥辱之外沒有別的。

但是住到國外之後，總不能每次頭髮一長就飛回東京。沒辦法只好到當地的理髮廳去。可是日本的理髮廳和外國的理髮廳之間技術水準相差很大。說得明白一點，簡直就像修剪盆栽和開除草機剪草的差別一樣。美國理髮廳的中心原則只是單純的把「長長的頭髮剪短」而已，絕對不是「整理頭髮」。所以總之所花的時間壓倒性的短。在椅子上坐下來卡嚓卡嚓卡嚓地用剪刀剪頭髮，用推剪在領口髮根的地方沙沙沙地修齊，就完了。只要十分鐘或十五分鐘就完畢。很多地方甚至連洗頭都不必。就算有洗頭也在剪頭髮之前，所以頭上衣服上都留下好多頭髮。完全沒有絲毫心細如髮和體貼入微的地方。當然大多會帶來很糟糕的結果。

有一次我到倫敦一個叫做 Swiss Cottage 的地下鐵車站附近的理髮廳去。在椅子上坐下來之後，一個年輕的男師傅走過來問你是日本人嗎？第一次到這家店嗎？我回答是，那麼是哪位認識的人介紹才來這裡的嗎？我回答No。

「那麼你眞幸運。」他在我肩上拍了一下說。「你知道爲什麼嗎？日本人的頭髮和西歐人的頭髮髮質不同。頭的形狀不同，臉的形狀也不同。所以日本人有所謂適合日本人的剪法。你不覺得嗎？」

「說得也是。確實眞的是這樣。」我回答。

「不過英國人的理髮廳不會去想這麼麻煩的事情，而且實際上也沒有人會剪適合日本人的髮型。這個你明白吧？」

「我很清楚。」

「那些傢伙不用什麼頭腦。也不會從經驗中學習。不過啊，我會喲。我長年在這裡開理髮廳。這附近住了很多日本人，因此到目前爲止我眞的剪了很多日本人的頭髮。日本人的頭髮該怎麼剪才好，我很清楚。所以呀，我說今天到我店裡來剪頭髮，你很幸運喏。」

「原來如此。」我說。如果是這樣的話，我眞的是很幸運的人。因爲，我在倫敦正處於無論如何一定要去理髮的特殊狀況下，沒辦法只好閉著眼睛闖進附近的理髮廳去。

不過從結果來看，這家理髮廳眞是很糟糕。剪的技術差勁，剪刀也不利，搞得我襯衫上全是頭髮，剪出來的樣子簡直亂七八糟。我一看鏡子，實在不像是我的臉。本來就不是什麼值得讚美的臉，但也不必整到這麼糟糕的地步吧。如果不小心跟這種臉的傢伙同桌吃飯的話，一定會覺得吃什麼都難以下嚥。而這糟糕的臉竟然眞的就是我的臉。理髮廳的那個人還極其得意洋洋地問我：「怎麼樣？很幸運吧？」這話聽起來好像我不打賞多一點小費都不行似的，可是對我來說，卻有好幾天都不想出門。刮鬍子的時候也盡量不看自己的臉。託他的福我只好窩在屋子裡一直工作，這倒是一件好事。不管怎麼說，如果您會在倫敦停留而頭髮長了，我想也絕對不要到 Swiss Cottage 車站附近的理髮廳去比較好。

我住在希臘的時候，有時候會到雅典的美容院去。我一直住在島上，所以並不是隨時隨地都可以到雅典去理髮的，而是有什麼事情到雅典去的時候順便去的，有一段時間這變成一種習慣。這裡是我有生以來第一次走進男女合用的美容院去。對於希臘的理髮廳徹底不敢領教的我，已經抱著無藥可救亂抓草繩的心情進去了。心想：「不當男孩子也行。只要像普通人那樣幫我剪個普通頭髮就行了。」這家美容院在雅典的最高級住宅區裡，玻璃窗明亮又清潔，氣氛很雅痞式的。收費當然也不便宜。不過手法果然不凡，剪得也不錯，因此每次到雅典我就會去這裡。我常常夢見理髮廳老闆站在枕頭邊臉色哀傷地質問我：「你爲什麼拋棄我們而去美容院呢？」——這當然是謊話，不過不去理髮廳後心情相當愧疚倒是眞的。雖然我對理髮廳並沒有什麼義務也沒虧欠他們什麼。

只是這家美容院有一點奇怪的小問題。在洗完頭髮之後，他們會給你雙手各一根棉花棒。仰躺著洗完頭，用毛巾幫你擦一擦之後，負責洗頭髮的女孩子就把那兩根棉花棒交給我，什麼也沒說，就走掉了。也許是要我「用這個自己清一清耳朵吧」，可是洗完頭髮之後美容師便間不容髮地立刻走過來，用剪刀開始下一個動作。所以我手上還緊緊抓著那兩根棉花棒，直到最後都一直坐著動彈不得。這看起來也很尷尬，實在不舒服。我眞搞不懂他們到底要我怎麼樣，現在都還無法理解。也許是故意要我爲難，「像你耳朵這麼髒的傢伙我們沒辦法幫你清耳朵。下次自己先清好再來吧。」我倒覺得自己的耳朵並沒有那麼髒。這樣一一開始想下去漸漸在意起來，終於也沒辦法再到那家店去了。雖然不是什麼大事，不過每次人家交給你棉花棒的時候就嚇一跳，對心臟還是不太好。

到美國來以後也暫時到附近的理髮廳去試試看。我們家附近的理髮廳大多是義大利人開的。本來二十世紀初期紐澤西有一陣建築熱潮，當時建築工人不夠，於是從義大利招來許多石材工人，也許因爲美國住得舒服吧，很多人就那樣留下來了。他們想辦法在新天地安身落腳後，又從家鄉把爲貧窮和不景氣所苦的親戚朋友招來。義大利移民多半付了船票好不容易踏上美國的土地之後，就沒剩什麼本錢了，在新開拓地都被先來的人佔滿之後的美國，要取得新的農業經營土地並不容易，因此就當上容易上手也容易賺錢的手藝師傅。到現在普林斯頓附近很多建築業者、造園業者、麵包師傅都是義大利人。

同樣沒有資本的愛爾蘭人移民則當上了容易上手也容易賺錢的警察、軍隊、消防員，這樣想起來，美國各民族的職業分布也相當有意思。

就這樣，從愛因斯坦在普林斯頓大學的時候開始，就一直當理髮師了似的老伯們到現在依然一面操著夾雜義大利語的英語，一面像笠智眾那麼悠閒地，爲老師和學生剪著頭髮。理髮廳的氛圍也帶有那麼點古老美好的美國風，相當有情調。但很遺憾，技術上老實說卻是接近前朝時代的。我雖然去過幾家，卻沒有一家讓我想再光顧的。

附近的男女美容院我也都去試過。這邊技術上果然是比較跟得上潮流，工作也仔細，算得上「還不錯」了，但設計師之中老是有人要跟你搭訕，眞受不了。理髮廳的義大利老伯到洗臉台去的時候只會說：「安迪呀莫，西紐雷。」（我們走吧，先生。）大多沉默寡言。相對之下男女美容院也許想服務周到些吧，就相當愛講話。「你是做什麼工作的？」「你在上大學嗎？主修什麼？」「喜歡美國嗎？」「日本有沒有徵兵制？」「美國車在日本爲什麼不暢銷？」這類的問題接二連三地問個沒完，眞累人。

上次幫我剪頭髮的設計師，叫做安德雷，年齡大約四十五歲左右，頭髮已經開始微禿了。在他專用的鏡子前面放著三個十幾歲女兒的照片、太太的照片、房子和愛犬的照片，還排列著五支美國小星條旗。並不是說這樣不行，不過我是爲了剪頭髮才來美容院的，並不想一一看到設計師的家人照片和星條旗。而且在剪頭髮的時候設計師不停地向我述說自己引以爲榮的女兒的事情也眞受不了。

結果我現在到紐約一家日本人經營的美容院。雖然想過每次都要花一小時十五分鐘特地到紐約去理髮也眞呆，不過到這個地步爲止卻花了兩年時間，歷經種種試行錯誤、絕望、驚嚇、失望、苦笑、疲倦——因此不是我在找藉口。不過一個月也得到紐約去辦一次事情，因此順便去理髮。坐在美容院的椅子上一面恍惚地望著窗外的風景時，一面側耳傾聽卡嚓卡嚓輕微的剪刀聲音時，會忽然覺得彷彿回到東京了似的。我想可能這「卡嚓卡嚓」的聲音，和外國人理髮師或設計師所發出的「卡嚓卡嚓」的聲音稍微有一點不一樣吧。日本人的理髮師或設計師的情況，這「卡嚓卡嚓」有時會因爲工作的不同需要而變成「沙沙沙」的輕巧聲音，或變成咻一下流水聲般的「沙拉沙拉」。這方面作業的微妙流動方式中就含有「這是日本式啊」的說服力。

因爲這樣，現在這第(2)「去理髮廳」的項目，很遺憾沒辦法實行。雖然不願意，每個月也只好仰躺著讓人家洗頭髮。一個人要想永遠一直繼續當個「男孩子」也不是一件簡單的事。等我回東京以後還要去以前的那家理髮廳，不過那會是什麼時候呢？

後記

現在我在波士頓也找到一家常去的美容院。很遺憾不是理髮廳，是一家男女美容院。我在

這裡讓一位叫做雷尼的設計師每個月剪一次頭髮。雷尼是個運動員素食主義者，我每次去，他總是談到運動和素食的話題。為什麼嗎？因為我第一次到這裡的時候談到了游泳的事。所以他大概已經把「這個人是和健康有關的」這樣的資訊輸入自己的腦袋裡了。

我聽普林斯頓的一位鄰居，經濟學者康得力君說，像這樣在美國的理髮廳第一次交談的話題具有永遠固定下來的傾向，因此最好要小心一點。就像小雞會把生下來第一眼看到的東西當作母親一樣。他在附近的理髮廳第一次碰巧提到龍舌蘭酒的事，據說從此以後落得幾年都一直在跟理髮師繼續談龍舌蘭酒怎麼喝法啦，用龍舌蘭酒調的雞尾酒的做法之類的話題。「相當累人。因為我其實並不那麼喜歡龍舌蘭酒的。」他說。實在真可憐。

描寫「卡佛鄉」的勞勃·阿特曼的迷宮電影

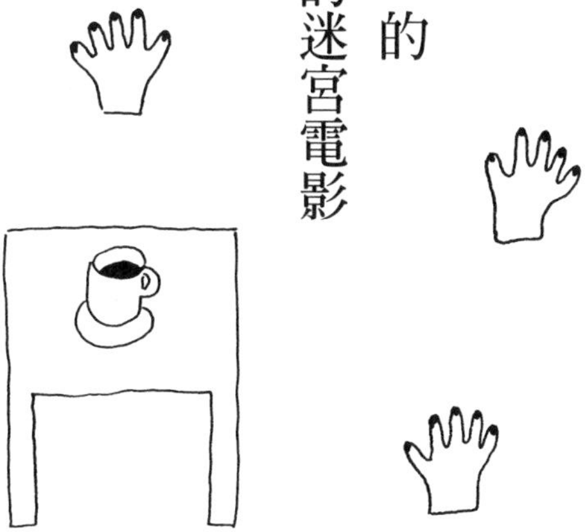

前幾天我到紐約去看勞勃·阿特曼的新電影試片。電影名稱叫做《銀色·性·男女》（Short Cuts），這是根據瑞蒙·卡佛的短篇小說集原作改編的。瑞蒙·卡佛的遺孀黛絲·嘉勒爾打電話來，邀請我說有一個只限少數朋友看的，放給和那部電影有關的內部人士先看的試片會，如果有空要不要一起來看看。還說勞勃·阿特曼本人也會來喲。黛絲平常住在華盛頓州，不過曾經在紐約大學教過短期的文學課程，因此暫時住在格林威治村的飯店。

當然不管有空沒空，我都不可能放過這樣的好機會。會場設在格林威治村一家沖印公司的小巧放映室裡，這個試片也兼小型派對，會場準備有葡萄酒、啤酒和點心。聽說是傍晚六點開始，大家可以在上映前熱鬧地暢談聊天吃吃喝喝一番。觀眾人數總共大約三十人左右。面孔全都是業界有關的紐約白人，大概都是「喲是你呀，好久不見」這種感覺的熟人。這正確說起來不是試片會，以小說來說比較接近校對初稿的公開聚會。雖然片頭和演員的字幕也包含在內了，不過工作人員的字幕卻還沒放進去。上映前阿特曼自己出來說話：「這幾乎是完整的最後版本，也許還會稍微修改。上映時間全長三小時左右的長電影，所以請先有心理準備慢慢看。廁所在那邊。不要客氣噢。」說著笑了。

從結論來說，這是一部雖然長達三小時卻一點也不讓人感覺長的電影。這部電影將瑞蒙．卡佛的幾篇短篇小說以馬賽克式的組合方式作成，但因爲改變很多，所以並不容易知道到底有幾篇卡佛的短篇編進電影。我一面屈指數著一面看，不過以我所知總共有九篇（後來我問黛絲，她說：「我也算過，不過我也不清楚。」）幾乎是短篇小說的片段，〈傑瑞、茉莉、山姆〉、〈有用的小事〉、〈釣魚〉、〈他們不是妳丈夫〉在故事展開中佔有相當重要的位置。除了那九篇（或幾篇）卡佛的原作之外，也大量地插進許多勞勃．阿特曼和編劇自己創作的虛構情節。那些數也數不清的許多插曲，在這部電影中幾乎天衣無縫地同時進行著。時間上是只有一天到兩天之間所發生的事。

那麼，可能有許多人會想起喬伊斯的《尤利西斯》吧，我想導演的意圖顯然也在這裡。這和《現代啓示錄》的表現法眞是完全吻合的電影。這部作品可能有很多人會讚美爲大傑作，但可能也有人會說是不著邊際的失敗作。我雖然完全不認爲這是失敗作，但可以承認有人會這樣想也難怪。我並不想對這些人說：「看不懂這部電影不行。」對這部片來說，我想評價的正反兩極應該不是很大的問題。就算假定這部電影以電影來說是失敗的也好，那團團轉著強烈拉扯氣勢逼人又具有不可思議說服力的存在感，也足以彌補那缺點而有餘……何只這樣而已，那魄力有找的零錢可能就夠你揮霍半年呢。另一部

《超級大玩家》確實也是有趣的電影，不過我想這部正因危險所以反而更有深度吧。看完之後隨著時間經過越久，越會一點一點讓你開始覺得「有意思」。

這部電影是從飛機在午夜的洛杉磯上空噴灑農藥（爲了驅除地中海果蠅）開始，到不久的未來洛杉磯大地震結束。就這樣，總之到處散發著世紀末大災難的強烈氣味。舞台雖然一直在洛杉磯的近郊城市，但那些被殺菌後的無機化光景，和阿特曼的電影語言氣氛恰巧吻合，視覺映像也眞可觀。我想這部電影在這層意義上是眞正意義上的美國電影。不管怎麼樣，總之是只有在美國才拍得出來的電影。

以我自己的經驗來說，在美國開車，無論經過紐澤西或洛杉磯的大都市近郊時，常常會被強烈的無力感所襲擊。前面出現一個城鎮，跟著道路前進，漸漸的城鎮的街容不見了。在城鎮的郊外出現巨大的購物中心。那裡面有複合式的電影城、有Footlocker休閒鞋服飾店、有漢堡王、有ＣＶＳ藥妝店、有西海岸出租影帶店。再往前開就有森林、有河流、有一點自然的風景。穿過這些之後終於又出現另一個城鎮。郊區當然也有一個購物中心。又有一點自然風景。然後是下一個城鎮……總之是沒完沒了沒有盡頭的連續。城鎮與城鎮之間，當然有些微不同。不過大體上是一樣的。尤其加州的情況，土地平坦、自然景色單調，我們所感受到的那種無力感就更強烈、更深刻。望著這種沒有止盡的連續時，會忽然想到在這裡面人們的生活到底又具有什麼意義呢？不禁落入沉思。

這種無力感是只有在美國才可能嚐到的感情。這在歐洲無法體會、在日本也無法體會，絕對是 American Original（美國原創的）。

在這部《銀色·性·男女》片中所收納包容的無數插曲的羅列給觀眾的無奈，也和那種在美國地表移動的無力感具有共通的地方。電影從一個插曲移到下一個插曲，我們（至少是我）從一個城鎮移到另一個城鎮。每一個插曲都不一樣，但我們卻逐漸分不清那差異了。在凝視著銀幕之間頭腦漸漸開始麻痺起來，我們逐漸被拖進那電影所出現的世紀末郊區慵懶的惡夢中去。這種感覺當然大部分要歸因於卡佛所創作的小說世界，但基本上阿特曼的味道更強烈。說得更正確一點，是從卡佛所創造出來近乎執拗的個人世界獲得靈感啓發而逐漸膨脹下去，成爲同樣近乎執拗的非常個人的阿特曼世界。這又再繼續膨脹、膨脹、膨脹、膨脹到幾乎到達極限，如果不到遙遠的盡頭，甚至不知道本來到底有什麼。要分辨從哪裡到哪裡是卡佛的世界，從哪裡到哪裡是阿特曼的世界，簡直是極困難的工作——不如說事實上就不可能。正如在看《超級大玩家》的虛構中的虛構世界時，觀眾在自己也搞不清楚之下，在那分隔虛實的一片霧靄之間，一會兒穿過去一會兒穿過來一樣。我們在這部電影中，彷彿看到了卡佛和阿特曼之間彼此進行著沒有終點的迷宮式回力球賽似的。

這部電影也製作了拍攝過程的紀錄片，片名叫做：

"Luck, Trust & Ketchup"
Robert Altman In Carver Country

他們也讓我看了這部錄影帶（我看到的是兩小時五分鐘的版本，正式的是剪成一小時四十分左右的版本），片中阿特曼說，這部電影有趣的地方，在於故事中雖然出現非常多人物，但這些出場人物之間現實上並沒有什麼關係。他在《婚禮》的電影中也有許多出場人物，但他們是被招待去參加婚禮的客人，因此都在某個地方因爲某種原因互相有關。因此故事從開始畢竟有類似一貫性的東西貫穿其間。但這部電影的很多出場人物卻是彼此不認識的陌生人。就拿作爲背景的場所來說，《超級大玩家》是以好萊塢電影圈這樣一個緊密的共同體＝小世界爲舞台，而這次則是朝向洛杉磯郊外這樣一個非常大的、漫無邊際的世界做阿米巴式的擴散。在那樣苛酷的混沌之中，要如何製作出一個擁有一貫性的電影世界呢？這就是阿特曼導演展現手腕的地方了。這眞正辦得到嗎？正如預料的那樣事情並不簡單。不過這「並不簡單」以結果來說也成爲這部電影強烈吸引人的魅力之一。

我想如果您實際看過的話就可以知道，我想在看以前最好不要透露太多事情所以不做太多說明，不過這部電影有很多機關。例如在〈他們不是妳丈夫〉中扮演咖啡廳女服務生腳色的 Lily Tomlin，同時也是在〈有用的小事〉中開車撞倒男孩子的駕駛角色。同時又是另外一段插曲中女主角的母親角色。像這樣人們在各種不同的地方擦身而過，分別和別人的故事在有意、或無意間互相關聯、或沒關聯。一個故事與另一個故事，一個人物與另一個人物，一個城鎮與另一個城鎮，藉著這些接合點而互相重疊，一一接合串聯下去。雖然如此，但故事本身卻完全沒有說明性。那些只是單純的物理上的接合而已，那接合並沒有具體說明、證明、或從旁暗示什麼。這種極端若無其事悠然自得毫不造作的 off-beat 脫拍子的新奇電影感覺，是《巴頓芬克》和《裸體午餐》中都沒有的那種類別。

然後還有另外一點，這部電影傑出的地方，怎麼說都在於那腳色分配的奇妙，還有他們演技的高明。尤其 Tom Waits 和 Lily Tomlin 夫婦的演技，就像關西漫才說相聲般滑稽而悲哀，眞是精采好戲。兩個人糊塗透頂，但是糊塗沒關係呀。普通美國人的普通哀愁其實眞不普通，很眞切深刻地展現出來。其次演白色機車警察的提姆·羅賓斯會錯意表錯情的猛男模樣也很精采。如果我有資格的話，會無條件頒給他奧斯卡金像獎最佳男主角獎。

以爵士歌手的角色出現，在俱樂部舞台上盡情高歌的 Annie Ross（Lambert, Hendricks & Ross 的 Annie Ross）的角色——這當然是阿特曼後來才自己加上去的角色——我倒覺得有點過於刻意，不過總之是 Annie Ross，所以不得不容許。傑克·李蒙在〈有用的小事〉中演一個失去小孩的可憐父親，他同時也兼演〈糖果袋〉裡外遇被識破而鬧到離婚的父親。他的演技以演技本身來說確實非常高明。因爲居然能把長達九分鐘的獨白毫不吃力地完美演出。但因爲演技太扎實沒有一點「差錯」的地方，因此跟這部電影荒腔走板的流動態勢似乎有點不搭調。不過這可能是偏好問題。還有我所喜歡的 Huey Lewis 也以配角出來秀一下下，這也很令人開心。他在《回到未來》中只有一行台詞，但在這部電影裡卻開口說了五行左右的台詞。Huey Lewis 如果能就這樣繼續放得開的話，或許可以成爲 Tom Waits 第二。不過不知道他本人想不想成爲那樣就是了。

其他演出者也非常好。Anne Archer、Buck Henry、Fred Ward、Robert Downey Jr.……如果要一一列舉的話，簡直沒完沒了，不過可以知道大家都一面樂在其中期待參加阿特曼的影片演出，一面自己拚命主動想出各種演技大顯身手。Annie Ross 在影片製作過程的錄影帶中發表感想說：「跟傑出團隊一起工作，就像跟傑出旋律組合的樂團同台表演一樣的感覺。」可以想像拍攝現場的實際氣氛一定是這樣。

話雖這麼說，這部電影也不是從頭到尾都氣勢如虹沒有瑕疵。看著之間也有幾個地方會覺得「這裡有點那個」。有些不妨省略的零星插曲。例如黛絲對最後的地震那一幕不太滿意（我也對這奇怪的最後一幕不得不歪頭存疑。或許是我頭腦不好，我覺得太難理解了），因此她說打算對阿特曼這樣反應。所以最後完成的結果，也許和我所看到的不太一樣也不一定。不過這部電影具有讓人覺得「就算稍微不同也不會造成很大問題」

的壯大氣魄。

放完電影一面喝咖啡一面跟黛絲聊起來。我試著問她“Short Cuts”這片名正確說有什麼涵義嗎?根據她的說法,這片名含有三個意思,一個是「短的刀傷口」、另一個是「捷徑」、最後的意思正如字面那樣是「許多短鏡頭組成的電影」吧。原來如此,要說意義深長確實是意義深長的片名。

事實上,“Waiting for the Moon”的Jill Godmilow也從幾年前就想用卡佛的原作拍電影,劇本的稿子也完成了。不過怎麼看都在商業上難以成功的樣子,因此在美國找不到人投資,終究沒有拍成電影。我因爲偶然的緣分受到她個人的拜託,代爲在日本找人出資,雖然正當泡沫經濟錢很多的時代,但結果並不順利。我本來在現實面各方面都生疏不熟,這種事情平常是不會有關係的,不過爲了卡佛我也總想試著盡一份力量。在東京花了一個夏天東奔西走一番,得到各種不可思議的經驗,遇到一些不可思議的人。

她的劇本也讓我讀過,不過那跟勞勃·阿特曼的切入方式相當不同。Godmilow所捕捉的卡佛世界,並沒有阿特曼所帶進的那種混雜的世紀末迷宮般的感覺,卻擁有更直線、更小品、更bleak(荒涼)的感覺。而她的那種bleak,比阿特曼的大膽改編,更接近卡佛原作的世界。這跟極簡主義的表現更吻合。雖然不一定要越接近原著世界才越好,不過盡可能以「另一種選擇」,希望Godmilow版的卡佛電影也有見天日的時候。不過這麼說也沒有用，因為阿特曼已經拍出這樣不得了的電影了，因此我想不得不就算了。

不過一般美國電影為什麼會這麼無趣呢？電影票確實很便宜。看日場的話門票只要三塊七毛五美元。四百日圓多一點而已。而且人不多。可是不管看什麼電影都不太有趣。電影這東西並不是只要門票便宜就好的。再怎麼便宜如果兩小時白白浪費掉的話這種虛耗感也非常難受。電影演完了觀眾一面從椅子上站起來，會一面歪頭懷疑：「美國電影居然這麼無聊？」的觀眾壓倒性的多。不管看哪部片，都有假假的賽車和做愛場面，要不然就是有像勞勃·狄尼洛或艾爾·帕西諾等名演員。因為這兩年看了相當多美國電影，不過眞的令人拍膝叫絕的卻只有《沉默的羔羊》和《殺無赦》這兩部而已（兩部碰巧都獲得奧斯卡金像獎的最佳影片獎），還有這部《銀色·性·男女》。我想這眞是沒辦法。

美國電影變得這麼無聊的最大原因，我想還是因為好萊塢變得非常保守了吧。很少有原創性的作品，每部都好像從前在哪裡看過似的。簡直是系列片、重拍片的洪水。其次我想最近幾年美國社會「政治正確」動向的高張也是使得美國電影變成像罐頭一樣無聊的原因之一。幾乎所有的人都怕被人家在背後議論，唯恐被人指責，以這樣的態度在拍電影。電影這東西本來就是有點可疑的東西，如果要擺出一副無辜臉色的話，我想電影的魅力一定會大幅喪失。這樣說也許失禮，不過奧斯卡頒獎典禮上，實在不願意讓李察・吉爾、或伊麗莎白・泰勒神氣地說教。就算他們說的是正確的。不，正因爲論調是正確的，更不想聽。你不覺得嗎？

老實說，我的毛病是看到好電影時都會抓狂。會打內心深處被攪得一團亂。如果是在東京的話還好，但在美國因爲是開車去看電影的，所以問題就大多了。我在看完《沉默的羔羊》後，嚇，一下發現自己居然開在道路左側，流了一大桶冷汗。看過《失蹤兒童紀事》之後，明明是半夜卻忘了開車燈，被旁邊車道開車的人怒吼。所以看過好電影之後，我太太總會一一叮嚀：「小心噢。車燈開了沒？安全帶繫了沒？要靠右邊開喲，別搞錯了。」所以有趣的電影少一點，確實比較安全就是了……。

後記

這部電影是一九九三年十月在美國公開上映的。雖然報紙和雜誌的評論都屬上上，但遺憾的是上映電影院的數目還是很少。不過配合這部影片的上映倒是喚起了卡佛作品的重新被注目，出版了幾本相關的書，雜誌做了專題報導。劇本出版了。各種作家、友人和編輯所寫有關他的種種回憶文章也編輯出書，這裡頭也有我的文章。

遠離高麗菜捲

有時候我會遇到別人對我說：「到目前為止我經歷過可以寫出好幾本又好幾本小說的有趣經驗噢。」仔細想想，我覺得好像聽過相當多人親口跟我提過同樣的台詞。尤其住到美國以後。雖然如此，卻不是美國人說的，而是住在美國的日本人常常這樣說。我想大概確實像他們所說的那樣吧。不管怎麼樣，離開了祖國在外國生活這件事，本來就不容易，其中想必有各式各樣不同的興奮刺激體驗。而且很想把那些經驗告訴什麼人，轉述給什麼人聽，這種心情想必很強烈。

這些人往後會不會眞的寫小說呢？我當然不知道。不過每次聽到這種說法，我都深有感觸，我自己到目前為止雖然是個已經寫了相當多小說的人，可是現實人生中卻幾乎沒有經驗過什麼非常有趣的事情。當然已經活了四十幾年了，所以要說沒有任何一件有趣的事情也是謊話。確實遇到過很多不可思議的人，遇到過被命運捉弄得大吃一驚的事情。有過回想起來會忍不住會心微笑的愉快事情（內容不便奉告），有到現在一想起來怒火還無法平息的事情。也有讓我膽戰心驚，捏一把冷汗的事情。不過這種程度的經驗的話，我想各位的人生中一定也同樣有過。要能算得上「有過這麼不尋常經驗的人，世界之大恐怕也沒幾個」的事情，在我所背負的經驗袋中很遺憾眞的一件也找不到。以客觀來看，如果我是個到目前爲止完全沒寫過小說的人，現在這個時間點能對別人說「我曾經經歷過可以寫出幾本小說的有趣經驗」嗎？我想沒辦法。我覺得完全無法這樣說。也許只能說「我的人生雖然也覺得還算有趣，不過老實說還不到可以寫成小說的有趣地步」。

不過世間有不少人卻擁有不太能想像得到的有趣經驗。我從以前就很喜歡聽別人談他們的經驗，每逮到這樣的人，就常常會請他們講來聽。並不是想用來當寫小說的題材，目的純粹只在享受聽的樂趣。眞的聽了好多。讓我聽得啞口無言、佩服稱奇、捧腹大笑、或毛骨悚然，聽一整個晚上也聽不膩。人家說事實比小說還要離奇，眞是一點也沒錯。可是經歷過這麼有趣經驗的人，是不是就能寫出足以和那精采刺激經驗相匹敵的有趣小說呢？倒也未必。當然經驗過許多不尋常的事情，並把那寫成不尋常的有趣小說，像傑克·倫敦型作家的例子，當然也有，但以我到目前所實際見聞的範圍內，這種情況反而屬於例外。

這雖然純屬我個人的意見，不過我想，一個人一旦經驗到某種壓倒性的經驗之後，越是壓倒性的經驗，要把那經驗具體化爲文章的過程中，越可能被某種無力感似的東西牽絆住。不管多麼努力，當時自己切身感覺到的事情，卻無法對別人再現，這種緊張壓力，對當事者來說想必很悲哀。從我的經驗也可以這樣說，如果「我有這樣這樣的感覺想寫成這樣這樣」的心情越強烈，一旦面對書桌時，文章卻怎麼也無法順利寫出來。這和非常鮮明而眞實的夢境，一面回想起來一面想對別人說明時的焦慮很類似。不管你多拚命費盡唇舌想對誰傳達當時的感覺，但那原來有的東西卻眞的會逐漸一點一滴地流失掉，漸漸離你而去。

相反的，有些人雖然沒有什麼太不得了的經驗，卻能在一點點小事情上，從和別人不同的觀點，感覺到趣味性或悲哀。而有些人也能把這些體驗轉換成某種別的形式，以別人容易懂的語言說出來。說起來，我覺得好像反而是這些人比較接近小說家的立場。

不過不管怎麼說，我眞的在實際人生中並沒有值得一提的奇特經驗。寫那種異想天開故事的約翰．厄文這樣寫過：「如果我只憑自己的經驗寫的話，讀者可能讀不到二十頁就睡著了。」這種心情我非常了解。以我的情況說不定連二十頁都撐不到。不過世間一般人，好像都以爲小說家大概是根據各種現實體驗來寫小說的。例如我第一次寫的小說出版時，周圍的人都忽然開始坐立不安地緊張起來。到那時候爲止還無所謂地輕鬆交往的人，忽然跟我有意無意地保持距離。剛開始我還無法理解他們爲什麼會採取那樣的態度，不過試著仔細聽他們談話之後，才知道他們非常擔心我會不會以他們的事情爲原型寫出下一本小說。後來確定我不會寫這種類型的小說之後，才好不容易又跟我恢復常態。

我到美國來之後，開始到各大學去和學生交談。也曾經在很多人面前演講之類的，與其正式演講，我這人更喜歡進入人數少的班級，直接面對面用自己的語言隨興自在地談談這個那個。也曾經下課後大家一起到酒吧去，一面喝啤酒一面嘰哩呱啦融洽地交談。這樣一來，美國學生和日本學生並沒有什麼分別。學生在教室裡要顧慮到老師的顏面，這時也可以放鬆下來，恢復孩子氣的眼神。

他們大多是學習日本文學，或對日語有興趣的學生，其中很多是有生以來第一次遇到小說家的人。所以他們馬上就會想知道小說家到底是什麼樣的生物，在想著什麼樣的事情，過著什麼樣的生活，這些具體事情。或許其中有幾個自己也想寫小說。這些學生非常迫切地想知道怎麼做才能寫小說，怎麼做才能成爲小說家。

他們提出的問題多半像以下這些事情：

(1)您大學時候有沒有想過要寫什麼？

(2)第一本小說是如何出版的？

(3)您認爲寫小說最重要的事情是什麼？

當然我是個非常個人性的小說家，我的例子並不可能推及全體，然後向大家說教道：「所謂小說家就是這樣的人」「這樣做就可以寫小說」「要當小說家不妨這樣做」之類的，而且這樣做也沒有意義。得意洋洋地把這些理論一一列舉出來並沒有用，我只能說：「總之我的情況是這樣。」具體說出自己的例子而已。而且對他們來說，與其有條有理的抽象理論或概念，他們更喜歡這種手摸得到的彩色事實。

就這樣我所到之處，就將我如何成爲小說家的經過情形「具體而多彩地」說給學生聽，於是有一次我忽然發現，我能當上小說家，仔細想起來其實幾乎是接近僥倖的。連我自己都深深佩服能當上小說家眞不簡單。

我學生時代確實想過要寫點什麼。具體說，是想過要寫電影劇本。心想如果腳本寫不成就寫小說也好，不過首先是對電影感興趣。所以考進了早稻田大學的所謂映畫演劇科電影戲劇系這樣的地方，不過中途又覺得這個不適合自己，於是放棄寫東西的希望。總之既不知道要寫什麼，也不知道該怎麼寫才好。沒有想寫的材料和主題。這種人不可能寫什麼電影劇本（或者不限於劇本，任何東西都一樣）。這是明明白白的事情。不過因爲我喜歡讀電影劇本，所以就算沒去上課，也每天到大學的戲劇博物館去猛讀古今東西的電影劇本。現在回想起來，這倒成爲很有用的功課了。所以不能寫的時候不一定要勉強寫，這一句建議或許可以獻給想寫東西的年輕人。不過也覺得不成什麼建議。

然後我踏出大學，結婚，開始工作（不，是反過來。結婚之後，開始工作，然後才畢業）。接著被嚴酷的現實生活所逼迫，完全忘了自己曾經想要寫點東西的事情。貸款也不能不還，總之從早到晚就像拖著馬車的馬似的——不過這實在是太非文學性的老套台詞了——不得不勤快地工作。這樣繼續了七年。舉一個例子來說，我開的店有供應一種高麗菜捲，因此我每天早上就不得不切碎一袋子的洋蔥。所以我到現在，還可以在短時間內，眼淚不流地切碎大量的洋蔥。手眞的自然能咚咚咚地快速移動。

「你們知道切洋蔥不流淚的祕訣在哪裡嗎？」我這樣問學生們。

「No。」

「就是要在流淚前趕快切完哪。」（笑）

說到這種事情時，學生們的眼睛也開始亮起來。大概因爲這種事情和他們平常在大學所聽的課完全不同的關係吧。還有大概他們自己也或多或少感到不安吧。從今而後，自己會怎麼樣？未來不知道將有什麼樣的可能性。我也很清楚他們的這種不安。我自己在二十歲左右也同樣不安。不，並不是所謂不安之類的。如果現在有神仙出現，對我說再讓你回到二十歲一次的話，我恐怕會說：「謝了。不過，現在這樣就好了。」而拒絕吧。這麼說雖然有點那個，不過那種事情一次就夠了。

然後我到了二十九歲，突然想寫小說。我這樣說明。在一個春天的下午，我到神宮球場去看養樂多隊對廣島隊的棒球賽。我躺在外野席喝著啤酒，希爾頓敲出一支二壘打時，我突然想到：「對了，來寫小說吧。」就這樣開始寫起小說。

我這樣說時，學生全都露出啞然驚愕的表情。「也就是說……那場棒球比賽有某種特別的要素嗎？」

「不是這樣，那只不過是一個契機。比方太陽光啦、啤酒味道啦、二壘打的高飛方式啦，各種要素巧妙配合，刺激了我心中的某個東西吧。總之……」我說。「我所需要的是確立所謂自己的那個時間，和經驗。並不需要什麼特別的經驗。只要極普通的經驗就行了。不過那必須是確實深入自己身體的經驗才行。學生時代，我雖然想寫什麼，卻不知道該寫什麼才好。爲了發現寫什麼才好，我需要花七年的歲月和辛苦的工作啊，我想大概是這樣。」

「如果那個四月的下午沒有到球場去的話，村上先生您現在會不會成爲一個小說家呢？」

「Who knows?」

這種事情天曉得？如果那天下午我沒有到球場去的話，或許我就不會寫小說也不一定。而且或許過著沒什麼可抱怨的人生也不一定。不過總之不管怎麼樣，我在那個春天的下午去到神宮球場，在那沒什麼人的外野席——當時的神宮球場眞的很空——一面躺在那裡，一面看到戴夫・希爾頓（Dave Hilton）敲出左邊漂亮的二壘打，因此決定寫出《聽風的歌》這第一本小說。那或許是我人生中所發生的唯一「不尋常」（extraordinary）的事情吧。

「村上先生，您覺得任何人的人生都可能發生和這同樣的事情嗎？」

「這我就不知道了。」我只能這樣說。「不過就算不能說完全相同，我想像和這類似的事情，或多或少都可能在某個時候在某個人的人生中發生。我想這各種事情啪一下巧妙結合的啓示性瞬間，應該總有一天會來臨。至少，心想這種事情一定會發生，人生不是比較快樂嗎？」

不過那個另當別論，我從工作中確實學到很多事情。雖然美國幾年前有一本書叫做《人生必要知識全都在幼稚園裡學到》曾經大暢銷，不過我的情況卻可能是《人生必要知識全都在店裡學到》。學校雖然確實也教過很多事情，但老實說那些在寫小說上幾乎都沒派上用場。我雖然不是在說學校教育沒有意義，至少以我的情況，卻不太有什麼是讓我覺得這幸虧在學校已經學過的。小時候我母親對我說：「現在你不好好用功，長大以後會後悔，當時如果能更用功就好了。」我記得我還想，是這樣嗎？到現在我還不太能理解，母親那樣說到底是什麼意思。因爲我長大以後一次也沒有後悔過：「那時候如果更用功就好了。」我多少學到一點活著的眞實是怎麼回事，是從二十幾歲的那幾年的每一天，當時我從早到晚名副其實都在做著肉體的勞動。總而言之勞動身體工作，每個月拚命還貸款，除此之外沒有想過什麼像樣的事情——就算要想也無法想。不過以結果來說那反而成爲最大的營養。勞動對我來說是最好的老師，對我來說是「眞正的大學」。

例如我在開店時，每天都有很多客人進來。不過並不是每一個客人都中意我所開的店。不如說，中意的人反而算少數。不過很不可思議的是，就算十個客人只有一個或兩個中意你的店，只要這一個或兩個客人眞的中意你所開的店，而且心想：「以後要再來這家店一次」的話，你的店這樣就能站得穩了。與其十個人中有八、九個人覺得「還不錯」，不如就算大部分不喜歡，但十個人中卻有一、兩個人眞正喜歡，有時候反而能帶來好的結果。這種事情，我是在開店期間，切身感覺到的。眞的是刻骨銘心地感覺到了。所以現在，自己所寫的東西就算被許多人批評得一文不值，只要自己的想法能痛快地傳達給十個人中的一、兩個人，就夠了，我可以堅強地，以一種生活感覺來這樣相信。這種經驗對我來說成爲無可替代的寶貴財產。如果沒有這種經驗的話，要以一個小說家活下去想必是更艱苦得多吧，或許會因爲種種原因而失去自己本來應有的步調也不一定。我曾經對村上龍提過這樣的事情，他說：「村上兄眞不得了，要是我的話如果十個人之中沒有十個人說好的話，會很火大。」覺得很佩服我。這種說法確實很像村上龍……我反過來覺得很佩服他。

並不是我自豪——這種事情本來就不足以自豪——不過，我不是一個用頭腦思考事情的人。不如說是一個以實際運動身體來思考事情的人。一個除非透過身體否則無法學到東西或寫東西的人。我想這可能是歷經長久歲月，從早到晚實際勞動肉體換得生活糧食的人才會有的現象。對我來說所謂工作就只有這麼回事。所以現在有時候，會感覺在所謂「文學的世界」裡自己好像眞是一個異物。我後來會變成像這樣長久離開日本生活，或許這種「異物感」也是原因之一。我每天如果不跑步、不游泳，就不自在，無法好好工作可能也因爲這樣。

關於寫小說，我幾乎沒有任何東西「能夠教授」給學生。我說：「總之你只能實際生活下去。如果你打心裡有眞切想要寫的話，想向誰傳達什麼的話，就算你現在無法順利寫出來，我想有一天『能寫什麼』的時候一定會來臨，可能在那個時候來臨以前，你只能一點一滴累積現實生活的經驗，像疊磚塊般小心謹愼地層層累積上來。例如……對了，比方說拚命去談戀愛吧。」我這樣一說，不知道誰就說：「那麼我可能也可以辦到噢。」大家就哄堂大笑。然後又有人說：「不過很不幸，如果那個時候總是不來怎麼辦呢？」又有幾個人笑了。

這時候我決定毫不遲疑地引用奧森．威爾斯在《大國民》中扮演的聲樂教師殘酷的台詞：“Some people can sing, others can't.”（有些人天生能唱，其他人就休想。）

我有生以來第一次寫小說並獲得新人獎，於是對大家說：「老實說我最近寫了小說，獲得『群像』新人賞」時，周圍的人幾乎沒有一個相信這件事。大家好像以爲我在開什麼玩笑似的。我確信其中可能有幾個人對於我被稱爲小說家，到現在應該都還懷著深深的疑問。我看起來實在很不像是一個會寫小說的人吧。

遠遠地離開那樣的日子，遠遠地離開日本，遠遠地離開高麗菜捲，現在試著重新再一次回頭看看自己的人生時，不管有沒有「興奮刺激的經驗」，活著這個行爲，我想本質上還是非常不可思議啊。

眞的不可思議。

後記

我在寫這篇稿子的途中，傳來養樂多隊打敗西武獅隊得到日本棒球季冠軍的消息。也就是事隔15年再度獲得日本第一的成績。這麼說來我寫《聽風的歌》這第一本小說時，正是上次養樂多隊獲勝的年度。我一面常常到神宮球場看球賽，一面以還不習慣的姿勢握著筆努力填滿稿紙的格子。那年養樂多隊球團創設29年第一次獲得冠軍，我也正好29歲。歲月過得真快。

15年前在球團、現在依然還在的選手大概只有角、八重樫和杉浦吧。因為我人常不在日本所以和職業棒球也疏遠了，老實說後來的選手我都不太熟悉。尤其是投手臉孔我幾乎都沒看過。所以說他們拿到冠軍了，我也不太清楚狀況。與其說選手的名字，不如看到排在團員名單上的教練名字時感動才被喚醒起來。伊勢、梶間、若松、安田、福富、小田、淺野、水谷、澀井……讓我好懷念。他們都還穿著養樂多燕子隊的制服在指導著後進選手啊。雖然也想過他們也許也難轉行，所以才一直待在老巢也不一定。不過那位戴夫．希爾頓現在到底在什麼地方、做著什麼呢？我在廣尾的明治屋前面請他簽的名現在還珍惜地收藏著。

從Brooks Brothers到Powerbook

我開始在美國住下來以後感到有點意外的事情之一是，在街上閒逛時，竟找不到想買的東西。看看商店的櫥窗時，不太會看到讓你興起「我想買這個」的心情，不知道爲什麼。我想這並不是因爲我最近物慾急速降低的關係。住在義大利時，只要踏出家門一步，物慾就像鼯鼠一般飄飄然從空中飛來緊緊貼在你背上，在你耳朵邊喃喃唸著：「快買啦、快買啦、再多買啦。」（依我的私人淺見，總覺得在羅馬就是很適合說大阪腔。請不要問我正確根據是什麼。）老是貼著我不放。因此手頭的錢不知不覺之間就漸漸減少了，落得這個地步。然而現在到了美國卻難得找到想買的東西。因此不必多花錢就能過日子了，雖然沒有抱怨的道理，不過心情卻像被狐狸迷住了似的，覺得很不可思議。

仔細想想從前並不會這樣。提到從前，也不必刻意回溯到美國這個國家從東到西到處充滿慾望、像物質寶庫般的五〇年代或六〇年代，只要不久前的十年前我到美國時，走在街上想買回家的東西就很多，我記得還要掂掂錢包的斤兩、考慮考慮重量問題，忍耐著不多買還眞辛苦呢。

例如買衣服，只要踏進Brooks Brothers、Paul Stuart、J. Press這一類的名店一步時，就會不知不覺飄飄然沉不住氣。身爲一面倒地穿VAN服裝度過青少年時代的世代，光看到這種常春藤名校指定品牌的服飾店的商標，心就會開始怦怦跳起來，而且也實際一口氣買了很多帶回去。我第一次到美國，在波士頓走進Brooks Brothers的店選襯衫時，是一位身穿筆挺Brooks Brothers的高尚叔叔店員來招呼我的，這個人的英語就是一副美國東北部新英格蘭地區風格的高貴腔調，與其說是服裝店的店員，不如說看起來簡直就像哈佛大學的教授似的。我記得雖然是夏天，但穿著T恤和骯髒球鞋這樣輕裝便服走進店裡的我，當時覺得非常羞愧緊張。畢竟是名牌的發源地，果然眞不得了，跟日本西裝店的小哥店員，氣派硬是不同，當時我深深這樣佩服。

不過現在很抱歉，走進紐約的Brooks Brothers也好，波士頓的Brooks Brothers也好，都很難再找到想買的東西了。我想賣的也許還是和以前幾乎同樣設計、同樣材質的東西，不過那看起來已經沒有以前那樣有魅力了。這或許是整個時代潮流改變的關係，或者因爲我在義大利住了幾年，每天每天眼前看多了色彩豐富、設計大膽的當地服裝的關係吧，不管怎麼說，這種自古以來就是美國東部名店的西裝，現在在我眼裡看來，就顯得有點僵硬無聊了。當然這是屬於個人偏好領域的問題，很難斷定客觀上看來是如何如何。就算說「不，你前面所說的是錯的，美國傳統風格現在依然是新鮮的、有魅力的。」就算這個世界上還有很多想這樣說的人，也一點都不奇怪。我並沒有要批評這種服裝，或對喜歡這種服裝的人扯後腿。不用說，人各有選擇自己愛穿的衣服、開心地穿衣服的權利。所以我只是把我所感覺到的事情，私下化爲文章而已。Don't take it personal。

但老實說，美國現在的年輕人已經不穿這種衣服了。我現在正屬於所謂東部「常春藤聯盟」大學的一分子，這裡對六〇年代的常春藤風格世代的人來說應該眞的像是麥加＝聖地一樣的地方，實際在這裡住下來看看週遭時，這裡的學生穿得眞的很糟糕。鬆鬆垮垮的襯衫配牛仔褲，或毫無熨斗燙過摺線的卡其布長褲，估計可能一年都沒洗過的布鞋，穿著這種衣服直接躺在草地上。女孩子也不化妝，頭髮要不是直接垂下來，就是綁個馬尾。幾乎沒有人講究穿著打扮。在這裡反而變成不要在服裝外表上用心，才合乎流行似的。大家爲了讀書和運動都很忙，沒有閒工夫去一一注意服裝這種多餘的事情，全都好像在傳遞這種訊息似的（從旁邊看起來他們確實忙得很可憐）穿得垮垮的。如果把他們帶到學生都穿著非常漂亮衣服的日本校園裡來的話，一定會被大家冷眼盯著瞧吧。我雖然不是「清貧思想」者，不過住在這樣的地方生活久了，就很難湧出想要買新衣服的心情了。偶爾有需要，才到The Gap、或Banana Republic之類適合年輕人的休閒裝專賣店去買買T恤衫和短褲之類的而已。

因此來到美國以後，在衣服上幾乎沒有花錢。住在義大利的時候，因爲走在街上無論老人或年輕人個個都穿得光鮮亮麗的，所以我也配合周圍的人，生活上多少注意穿著。西裝的顏色搭不搭配，「今天要去這個地方所以就穿這個吧，」習慣上會這樣思考。雖然俗語說「人在羅馬就裝成羅馬人的樣子」，說得一點也沒錯。可是到美國以後卻完全不行，幾乎沒有考慮過服裝的事。每天每天只會拿起身邊現成的衣服隨便輕鬆套上而已。但老實說，沒有比這更輕鬆的了。我本來就是個最怕麻煩的人，因此一下子就陷進去適應了這種生活。

去年因爲工作的關係弄得無論如何必須買一套西裝，我到紐約去逛了好幾家店，結果左思右想之後還是決定買義大利牌子的（可是沒有比選西裝更麻煩的事了。純粹是時間的消耗。雖然世上或許也有對這種事比什麼都喜歡的人）。既然好不容易人在美國了，我想買美國製的衣服就好，但實際上到店裡去仔細瞧瞧、試穿看看時，卻不得不歪著頭想：「這實在有點那個。」不知道爲什麼，總覺得跟身體無法適當服貼。雖然想到以前可沒這種事情，有點覺得拘束。因爲我是個一年只穿一次左右西裝的人，所以也覺得在這裡神氣地東講西講也沒有用。

流行眞是個很有意思的東西，麥爾斯・戴維斯從一九五〇年代到一九六〇年代的前半還一面倒地傾向 Brooks Brothers。現在想起來總覺得不搭配，不過當時 Brooks Brothers 的傳統西裝對他來說是最“hip”的尖端流行服飾。麥爾斯在爵士音樂舞台登場時是bebop的全盛期。玩爵士的人全都穿著花稍的西裝演奏著富麗堂皇的熱曲子。不過麥爾斯混雜在這些夥伴之中，卻單獨一人穿著"hip"的Brooks Brothers，以酷酷的聲音吹著小喇叭。麥爾斯是出身中產階級知識份子的兒子，在優渥的環境中成長，對於別人標新立異、品味低級的服裝無論如何還是無法忍受。周遭的人對這樣的他也覺得有點嗆，終於bebop的時代也過去了，接著興起的是酷派爵士時代的來臨，然後新世代所帶起來的東海岸hard bop興盛起來之後，麥爾斯無論演奏方面或穿著方面，都斷然成爲主流。可以說託他的福吧，五〇年代不限於麥爾斯一個人，所有爵士音樂家幾乎全都變成愛穿整齊筆挺的常春藤風格了。自然的肩線、三顆扣子、扣領襯衫、閃閃發亮的高級馬背皮鞋……老實說，我高中時代看過許多爵士樂唱片的封套後，就心想：「如果能穿上這樣的服裝該多好。」這是會讓我興奮得心跳的東西之一。讀麥爾斯．戴維斯的自傳*Miles*時，才知道他以前是多麼嚮往Brooks Brothers的服裝，心都熱起來了。他年輕時候的偶像是：佛雷．亞斯坦（Fred Astaire）、卡萊．葛倫（Cary Grant），穿得像他們兩人那樣是他的夢想，所以還眞不簡單呢。

某一種服裝的風格，說起來就像小說的風格一樣，並不是憑著理論和宣傳就能廣泛流傳的。人們憑著自己的眼睛看到了「實例」，覺得「對呀，原來如此，可以這樣穿衣服嘛，」「對了，原來如此，只要這樣寫文章就好了，」以這樣的形式親身認同，開始傳播到世間一般人。就像麥爾斯在電影院的銀幕上看到「卡萊．葛倫」這個「實例」，或看到某個英雄，於是下定決心說，好吧，我也要穿這樣的衣服似的，一九五〇年代的年輕爵士樂手們，看到麥爾斯這顆閃亮明星的「實例」也就開始穿起那樣的服裝來了。

以政治家的例子來說，六〇年代的約翰．甘迺迪、羅伯．甘迺迪穿著的服裝，以當時還和西裝這東西無緣的十歲出頭的我的眼裡看來都覺得帥得驚人。他們眞是把美國傳統的格調漂亮地、充滿自信地穿出來了。現在想起來，我覺得其中似乎有某種超越所謂「穿西裝」這種單純物理行爲的更深刻沉重的東西似的。其中所有的氣味和觸感，超越了時空直接嘩嘩地傳過來似的不得了的味道。我覺得那還依舊像把當時的美國體制（American establishment）自然穿上身的強烈自我確信似的東西吧。

以電影來說，我高中時代看了十次左右保羅．紐曼的《三星伴月》。Jack Smight導演的這部電影，作品本身也眞棒，大概可以算進我最愛電影的前十名之內，不過這部電影我之所以看那麼多遍，其實是爲了看保羅．紐曼所穿的衣服。我那時候爲保羅．紐曼的穿著全面傾倒、非常嚮往。當時很遺憾還沒有錄影帶這種方便的東西存在，所以當然全都是到電影院去看的。我記得在這部電影裡保羅．紐曼所穿的衣服，是西海岸風格略帶休閒味道的傳統西裝，那輕鬆調子和電影的氣氛非常吻合，簡直魅力十足。電影中雖然是沒什麼特別的穿法，但當時保羅．紐曼所營造出來的那種空氣，那種若無其事的「穿法」我覺得實在眞帥，光是一件衣服的穿法、一副太陽眼鏡的戴法，似乎一一都非常自然地流露出來。

但這也只不過是我個人的淺見，如果專注從服飾的穿戴這個觀點來看，最近的美國似乎再也看不到過去那樣擁有超級魅力的「英雄」了。無論在音樂、或電影方面都有這種傾向，政治家尤其糟糕。布希就是這樣，我想因爲他是那方面的人，所以既方正又古板也沒辦法，可是這次年輕的比爾·柯林頓也不怎麼亮眼。雖然穿的看來似乎是很高級的西裝，但總有一點「被西裝穿」的感覺。當然即使穿著不起眼，對他身爲政治家的職務也沒什麼妨礙，不過一想到約翰·甘迺迪的風格都改變了坂本九的髮型時，那幾乎壓倒性的傳播力，還是難免令人覺得有一點寂寞。終究，就像美國車的銷售不振直接象徵美國經濟的基礎降低了似的，美國的服裝、穿著影響力的衰退，也同樣直接與美國社會體制的自信衰退了有關吧……雖然這樣說也許結論有點牽強。

服裝的話題扯太長了，還是回到在美國不太看得到想買的東西這件事上吧。我在這裡住了兩年半了，一一回想一下這期間我到底買了什麼呢？眞的沒買什麼大不了的東西。買了幾件家具。椅子啦、桌子啦、書架之類的東西。我現在住的房子是大學教職員住的本來就附帶家具的宿舍，因此並不需要添購太多東西，只是不夠的東西應需要稍微添一點而已。在拍賣期間到附近家具行去，或到中古家具行去買，這種程度湊合一下。有一半是在 **IKEA**（瑞典製造，不過在美國大家發音都說成 "aikea"）。

汽車前面也寫過，我買的車是德國製的 Volkswagen。音響裝置是小型的 Denon，電視是Sony、錄放影機買了Sharp。這些當然都是日本製的。唱機是B&O（丹麥製的）、耳機是德國製的。檯燈是義大利製的。微波爐是Panasonic、咖啡磨豆機是德國製的。AT&T的傳眞機，我以爲是美國製的，背面卻確實寫著"Made in Japan"。熨斗是德國製的。

那麼美國製品到底在哪裡呢？我東找西找的結果，好不容易才找到自行車，這是一輛一部份採用日本製零件，大部分採用美國製零件的車子。還有就是小東西、小手冊和皮夾子，這是附近一家叫做COACH的店出品的。體重機我想可能也是美國製的。但轉身看一圈周圍，家裡眼睛所能看見Made in America的東西，大概就這些了。這再怎麼說經濟正在進行全球化，可是美國經濟是不是出了一點問題呢？連對經濟情況相當生疏的我都不免要這樣想。

寫到這裡，忽然想到我從前曾經買過一件美國製的東西。所謂燈塔下面最黑暗，一點也沒錯，我現在手頭上用的麥金塔laptop筆記型電腦Powerbook160/80。是在大學的電腦中心以兩千兩百美元買的。是我在美國所買的東西之中，繼汽車之後最高價的東西，不過聽說如果要在日本買的話價格還要再將近加倍。這種機器爲了要使用日語文字處理功能，必須更換Basic軟體，要說麻煩確實也有點麻煩，不過只要解決這個之後就沒有任何問題了。在這樣混亂的時代，所以麥金塔電腦是不是每一個細部零件都純粹是美國製品呢？我實在有一點不太相信，不過我想不妨就當作是"Made in America"吧。以產品來說相當優秀，而且便宜。至少比起從前，便宜得令人難以相信。這在美國也果然成爲大暢銷的商品。

就這樣，我最近在用新電腦寫稿子。首先操作使用的程序還不十分熟練，必須注意的事情太多，光拿寫文章這個工作來說，舊的——可以這樣說嗎——文字處理機比較簡單輕鬆，可是要離開日本生活，以寫文章當工作，考慮到原稿的存檔保管和取出處理之類的作業時，今後必然會改用電腦吧。

但仔細想一想，六年前寫《挪威的森林》時，我還用大學筆記活頁紙、鋼筆或水性原子筆慢慢一個字一個字寫的。當時在歐洲四處流浪，因此如果寫到一半的稿子弄丟了怎麼辦，擔心得不得了。因爲是很長的小說，又在一股氣勢下寫出來，所以一旦遺失的話，幾乎不可能再重新寫過。只能哭了。人在外面散步時，也想到留在房間裡的原稿如果發生火災被燒掉了怎麼辦，擔心得不得了。在餐廳吃著飯，聽到外面消防車的警笛聲時，簡直擔心得半死。當時在雅典和羅馬要影印大量的稿子，眞是非常費事的作業（現在大概稍微輕鬆一點了吧？）要一一保管那影印的原稿也很費事。但現在轉瞬之間就可以存進磁碟複製起來，郵寄出去，請他們代爲保管。對出版社來說，能郵寄磁碟方便多了，當然是再好不過了。想到就在不久以前，還在普通紙上，用普通的筆，用普通的字寫著文章的，對那件事情還絲毫沒有任何懷疑呢（只不過才六年前的事而已），其中變化之快現在都覺得愕然不已。不過仔細想想也不只有我這樣，幾乎所有的日本人，自從明治維新以來歷經百年以上持續「用鋼筆或鉛筆寫字」這個行爲，對這件事情也沒有存過任何疑問。

常常有人問我：「換成用文字處理機或電腦來寫，文體上有改變嗎？」不過老實說，我也不太清楚。因爲，以前在用筆寫的時候，文體也經常變化。當然這五、六年之間，我想我的文體也變了不少，不過文體的變化對我來說本來就是理所當然的事情，那變化什麼地方爲止是因爲機器的關係，什麼地方爲止是和機器無關的，自己實在無法判斷。就像有人問到原子筆換成鋼筆，文體也會改變嗎？我無法適當回答一樣。所以被問到這種問題時，老實說我就會覺得又來了，眞煩。

不過只有一點我可以確實說的是，夏目漱石和谷崎潤一郎和三島由紀夫的文章，或許還有吉行淳之介（不過因爲吉行先生現在還在寫，所以無法確定說）的文章無法用文字處理機和電腦來寫——或者可能非常難寫吧。在這層意義上，日語由於近年來文具革命的關係，可能經驗到了「basic soft 的轉換」——或將面臨進一步的改變吧。這並不是好壞的問題，也不是要承認不承認的問題，就像冷戰體制的崩潰、和農業人口減少之類的一樣，只不過是「存在那裡的」現實而已。請不要因此而責怪我吧。Don't take it personal。

後記

在那以後我需要更大的電腦，於是買了麥金塔的LCIII。也需要螢幕顯示器、需要雷射印表機，真麻煩。以前只要有筆、有稿紙、有裝橘子的箱子當桌面就夠了，輕輕鬆鬆隨時隨地都能寫。現在卻需要相當大的包袱。不久以後寫小說或許需要有大口徑強功率的主機和重量級發報機之類的東西也不一定。

我以前完全不知道，原來COACH在日本好像也是有名的品牌。上次到哈佛廣場的鞋店去，店員問我：「日本觀光客到這裡來，全都在叫著，有沒有COACH，有沒有COACH，COACH這個牌子在日本這麼有名嗎？」這麼一說，難怪在波士頓市中心的柯普利廣場的COACH SHOP的店員，對美國顧客非常親切熱心，對日本人態度卻非常高壓，簡直神氣得像在對待猴子似的。我因為不明白狀況，只想到真是一家感覺惡劣的店而已（負責這本書編輯的木下陽子小姐（化名）據說在這裡也遇到過相同的經驗，所以我想這並不是只有我一個人的錯覺）。相較之下，普林斯頓的COACH SHOP不但各種商品齊全，而且店員非常親切。我在這裡買了一九九四年用的手冊更換活頁。不過光是更換的活頁就要十二美元，說起來也覺得未免賺太多了吧。

官僚制度的風景

以前我寫過，高中時代沒有怎麼用功讀書之類的事情，結果收到一封讀者來信：「村上先生應該是早稻田畢業的。不用功讀書怎麼可能考上早稻田大學呢？請不要說謊。」這樣一封帶有抗議或詰問意味的信。原來如此，現在世間已經變成這樣了，我讀了那封信後深深感到相當佩服，不過不管怎麼說，如果我那樣的發言傷害了誰的話，無論如何總覺得過意不去。我在寫文章時經常都留意著盡量不要帶給人不愉快的感覺，但是世間太大了，不管寫什麼、怎麼寫，一定還是會在某個地方出現受傷的人，或生氣的人。尤其有關大學的事情，很多人會認眞地敏感起來，而我又經常忘記這個事實。

不過我說高中時代沒有好好用功這絕對不是謊言。我高中時候，幾乎每天打麻將（雖然打不好卻喜歡打，屬於這種最惡劣的類型），跟女孩子約會，泡在爵士喫茶店裡，或猛看電影。也抽過菸，常常翹課。不過爲了功課不要落後，也適度配合進度，還不至於落到成績不良的地步，只是也不覺得有特別下工夫用功過。玩的方面比較忙得多，也快樂得多。上課的時間，大多在讀小說。事到如今本來不想把這種事情再一一抖出來大書特書的，只是人家不相信我的說法也傷腦筋，因此還是說明一下好了。

那麼我爲什麼進得了早稻田大學呢？理由其實很簡單，因爲當時的早稻田大學，尤其是文學部，和現在不一樣，入學並不太困難。這麼說也許又不太妥當，不過看看從我們高中考進早稻田的傢伙，頭腦聰明、學業成績優良的人一個也沒有。說起來倒是屬於比較……算了，不提也罷。大學四年級的時候，順帶爲了找工作去見某電視公司的人時，曾經被冷冷地澆一頭冷水：「對不起，早稻田就沒辦法了。」像這樣以出身哪家大學來輕易歧視人，有多不講理，我有點啞然——當時還天眞地相信，所謂媒體相關產業說起來應該是擁有更自由空氣的地方——不過，另一方面也覺得：「嗯，確實也有這種看法，也許說得沒錯。」甚至有點被對方說服了。「要進哪裡的大學，並不是什麼大不了的問題吧？進去之後要學什麼、要怎麼用功，才更重要對嗎？」當時如果這樣頂他一句就好了，不過自己進了大學之後，比高中時代更不用功，所以那種話也說不出口。

不是我在找藉口，不過我從以前開始，對別人給我的東西，就是無論如何無法乖乖接受，有這種難纏的傾向，從上小學到大學畢業，這似乎對我的學業一貫造成阻礙的樣子。說清楚一點就是「不想學的、沒興趣的東西，再怎麼樣都不學（學不來）。」說得更清楚一點，也許就會變得很「任性、固執」。另一方面想做的事、有興趣的事，卻會排除萬難以自己的步調堅持去做到。這種性格——我只是說有關工作上的——現在依然沒有什麼改變。不如說變得比以前更系統化了。「眞是討厭的個性。」我太太常常這樣說。她自己的性格是興趣很多，一件又一件輕鬆地做過各種事情，當時哇一下好熱心，可是立刻就膩了，所以看到我這樣，聽說有時候會非常生氣。說是眞想從後面用什麼（例如叉子或原子筆尖）戳我。不過沒辦法吧，因爲這是天生的個性啊。希望妳別戳我。

當了作家以後最開心的事情是，「這樣一來我就可以盡情做我喜歡的事情了」。當然當一個專業作家，某種程度爲了生活有時候也不得不做一些違背自己意思的工作，不過那只要調整生活就過得去了。沒有比這更適合我的生活方式了。雖然最初幾年還會發生各種嘗試錯誤，但不久以後就漸漸習慣了，我自己的文筆生活系統終於建立起來。這系統的根本思想就像剛才說過的那樣：「以自己的步調只做想做的事情。」可以這一句話道盡一切。因爲就是爲了做想做的事情，所以才當上了不屬於任何地方的專業作家，所以「不做不想做的事情」就理所當然了。村上先生寫出暢銷作品了，才能這樣做自己喜歡的事噢，普通一般人想這樣做也很難做到，雖然也有人這樣說（這種想法和說法，我在日本的時候已經遇到太多次，可是不知道爲什麼來到美國之後一次也沒遇到過），我倒不這樣想。這反倒是基本性格的問題。我從書還沒賣得那麼好以前，就一直一貫在做著同樣的事情到現在。但這也是理所當然的，這種有點缺乏協調性的態度，就算無心有時候也會在周圍掀起風波。不過對於一個連妻子都可能想從背後戳你的人，這或許也是無可奈何的吧。

不過初高中時代，我就算不太用功，除了父母親會嘀嘀咕咕的抱怨之外，倒沒有在周圍掀起過什麼風波。雖然是當然的事情，不過沒有人因此生氣。也沒有人批評我的人格。所以可以毫不客氣地做我喜歡做的事情。總之我非常喜歡讀書，所以只要一有時間就在讀文學書，結果不必特別用功國語成績就不錯。說到英語，從高中時代一開始，我就以自己的方式猛讀英語平裝書，因此對讀英語這件事本身有自信，但對除此以外的詳細知識的用功卻省略掉了，因此英語成績並不太漂亮。我記得算起來大約只比正中間略好一點而已。如果當時的英語老師知道我現在正在做大量的翻譯工作的話，可能會無法理解吧。

社會學科方面我對世界史總是最拿手。要問爲什麼嗎？因爲中央公論社出版的《世界歷史》全集，我從上初中開始就眞的反覆讀過十次二十次了。我還記得所謂「比小說更精采」確實是這套全集的廣告詞，而且很稀奇，這並不是誇大的廣告，而是實際上眞的有趣而能讀得很愉快的書。所以在讀著這套書之間，自然就記得世界史上有關的大多事實，不需要再特別多加用功。歷史這東西，只要在腦子裡有了前後左右的主要綜合構圖梗概之後，大概的事情都已經有了譜。考試前再把幾個年號人名之類的細節事實牢記起來，大多就可以ＯＫ了。也許是個人的偏好吧，同一家公司所出版的《日本歷史》，我卻覺得沒有值得讀幾十次、背起來的有趣程度。

因此，現在怎麼樣我不清楚，但當時早稻田的入學考試只有三個科目，我推測只要選擇國語、英語、世界史，不需要太用功準備入學考試就能夠入學了吧？我從來沒有上過補習班或預備學校。當時還沒有什麼偏差值這東西，所以不知道數字實際上怎麼樣，完全以目測來說，早稻田大學（至少文學部）只要有這種程度差不多「喜歡的功課盡量做」式的讀法，就能順利進去了。最近常聽人家說要進早稻田沒那麼容易了，跟以前不能比了，文學部也不簡單，之類的，不過我聽了還是不太懂。說是偏差值和東大差不多，但因爲我的腦子裡就沒有所謂偏差值這種概念存在，所以完全沒有眞實感。而且如果我在的當時，念早稻田大學有什麼好處的話，那可能就是「喜歡的事情盡情做過」式的學生還能優哉游哉地入學，所以這種「優哉游哉」的氣氛不見了的早稻田大學到底還有什麼美好的優點，我眞不知道。不過不管早稻田大學怎麼改變，都跟二十年以上的從前畢業的我沒什麼特別的關聯。因爲我連「都之西北」這校歌都沒唱過。

雖然如此，我還是爲了父母對我說，你能不能試著考一考國立大學看看，而當了一年浪人努力塡鴨我討厭的數學和生物，但果然不順利，結果在蘆屋市立圖書館的讀書室一面昏昏沉沉地打瞌睡一面無謂地浪費了一年。得到一個寶貴的教訓，不習慣的事情不該笨笨地去做，能做的事情要趁能做的時候先做起來。

就像這樣，對於我在一九六八年沒怎麼太用功就輕輕鬆鬆地進了早稻田大學，大概說明了當時的狀況，不過我這樣寫的話也許會更火上加油。可能有人會怒火中燒，從什麼地方寫信來，說什麼：「我拚命用功讀書，卻在同一年考早稻田落榜了。你少得意洋洋神氣巴拉的噢。」要是被人家這麼說，我也只能道歉：「對不起。」不過老實說，另一方面也想過，這種事情事到如今還一一去計較又何苦呢？因爲考試有適合不適合、運氣好運氣差、當時情況等種種因素。而且，這只不過是一個大學而已呀……說到這裡，對這「只不過」的說法，世間一定又有很多人會心裡不痛快吧。想到這裡，難免還是會心痛。

普林斯頓大學，有相當多日本政府或公司派遣出來的人，在這裡進修。停留期間大約一年，公司或公家機關在這期間支付經費和薪水，這是當然的事情，似乎是在機關裡、公司內給予精英份子的特權似的。我因爲自己的工作很忙，所以交際範圍說起來也只有狹小的東洋學系內部而已，因此不太有和這些人碰面交談的機會，不過從我所認識的幾個人聽說，在這種「派遣組」內部，也會產生出身大學、公司、官階等疑似階級組織（hierarchy）般的區別。在日本的官階和學歷，幾乎照樣帶進這裡來的樣子。我常常聽到：「我是……大學畢業的，大家都是東京大學畢業的，讓我覺得自己學養不足。」這樣的台詞。我也窺見過——不是在普林斯頓——這種官僚階級的風景。或許我不該多管閒事插嘴別人的事情，但老實說，看著實在心情不太是滋味。

請不要誤會，並不是所有的人都掉進這種移轉自日本社會的網絡裡，當然也有很多人非常普通地享受著外國生活的樂趣。只是其中也有完全沒辦法的人。而且這些人之中很多是，不知道爲什麼就是所謂的「超精英」。見面打過招呼之後，下一個瞬間立刻就會開始滔滔不絕地開始說明：「噢，其實我聯考時的共通一次（譯註：相當於以前台灣的聯招。）成績是幾分呢。」說起來我們進大學時還沒有什麼共通一次這東西，因此一開頭就講這種話，我也搞不清楚什麼是什麼。但更搞不懂的是，不自我介紹卻拿出共通一次的分數來講的人神經眞的有問題。他們到底在想什麼？一想到這種人身爲一個精英官員，在全日本耀武揚威時（都來到美國了還相當耀武揚威），就覺得有點傷腦筋了不是嗎？

這件事情我向在普林斯頓留學的日本女學生提起來時，她說：「啊，這種人很多噢。並不稀奇。上次我也遇到一個。」她從紐約搭電車回來時，碰巧和日本男人相鄰而坐，他是派遣組的官員，「我是……省的……副課長（之類的），共通一次成績是……分。」這樣說個沒完的樣子。因爲實在太愚蠢了，所以也沒怎麼理他，結果他火大起來丟下恨恨的台詞走到對面去。「眞不知道那些人到底在想什麼？」她也很驚訝地說，確實眞不知道在想什麼。好不容易離開日本來到國外了，至少在這一年之間也不妨暫時脫離日本式的軌道，以一個赤裸裸的人和大家輕鬆地交往吧，我這樣想，但這些人的自我或地位或世界觀或呼吸器官或消化器官之中，已經和「共通一次」「……省」「……副課長」之類的要素緊密結合得不可能分離了，就算要學習新的什麼、接觸到什麼人，如果不先通過這種麻煩的濾網，可能就會被致命的過敏反應所襲擊也不一定。對他們來說，這種金字塔式的階級組織實在擁有太重要的價值了，因此無法適當理解在這世界上還有很多和這個沒有關係而生活著的人這樣的事實，從這一帶上下扣錯扣子開始，似乎產生了各種人間悲喜劇的樣子。

當然我並不是說，來到美國的官方派遣人員全部都是這種人，我所遇見的人裡也有不少是平易近人、謙虛有趣的人。我也認識一些很認眞讀書讓人覺得很舒服的人。我想正經的人大概還是正經的。把所有的人一概而論，不是我所喜歡的做法。不過明白說，有一點奇怪的人也很多卻是事實。這不只是我一個人的偏見，而是許多「普通人」共通的意見。我想這些人實在不必派遣到什麼美國的精英大學來，不如請他們清掃一年自己工作的大樓，不知各位覺得如何？或者請他們到偏遠地區去做義工的工作也好。這樣日本絕對會變得比較好。

不只是官方機構，在精英企業上班的人，也有很多是有問題的。這種傢伙所服務公司的產品我絕對不願意碰（例如我再也不要搭乘他們家航空公司的飛機了，再也不要讀他們家報社的什麼新聞雜誌了），我就遇到過幾次會讓你這樣想的人。雖然在一般公司上班的人比起純粹培養的「共通一次男」沒有那麼脫離常軌，但還是能零星見到一些讓你覺得何必那麼神氣的人。不知道爲什麼，好像在國外這種傾向會變得比較強。是不是公司特地選出這樣的人來派遣的？還是來到外國之後這種傾向就膨脹起來了呢？我並不清楚。不過以經驗來說，至少「比較小」的公司的人這種傾向似乎比較稀薄的樣子。公司越大越有名，感覺有點不妙的人就越增加。

在日本時不知道的日本事情來到國外一看會有新發現，這麼說來以我的情況有發現什麼嗎？那就是「日本是精英所掌握的勢力比我想像中更大的國家。」這對我來說，倒有點驚訝。與其說是驚訝不如說是大爲震驚。而且這些人，對自己的個人價值，不如對所屬公司或機關的名字，或自己所考取的共通一次考試分數，更認眞珍惜……何只這樣，可能直接就變成自己本身的個人價値了，這個事實也是讓我深深驚愕的事情之一。自從開始在國外生活之後，我才知道這種由特殊價値觀所支持的世界是存在的。雖然以前也聽人家說過，不過還沒有看到實物以前完全沒有眞實感。

仔細想想住在日本的時候，我首先就不會跟所謂被稱爲「精英」的人碰面。既沒有那樣的機會，也沒有那個必要。可是在國外住下來以後，碰到這種所謂「精英」的機會，至少比住在日本的時候多得多。因爲住在外國的日本人本來絕對人數就比較少，而且相當清楚地劃分成「精英（準精英）」和「窮人（準窮人）」這兩種極端的類別。很多情況下，精英是由公司或政府機關所派遣的人，而窮人則是自己想盡辦法過下去的人。而且，您大概可以想像得到，精英和精英聚在一起，窮人和窮人聚在一起。這兩種階層不太會混合在一起。我所交往的人多半屬於比較接近後者的人，不過由於沒有中間階層存在，因此無論如何精英階層的存在就比在日本的時候顯眼了。而且這時候我才半驚訝半承認：「原來如此，我以前不知道，不過其實是這些人在推動日本前進的。」不過對方可能也在想：「原來如此，就是這種傻瓜當上了作家，在騙無知老百姓啊。」

來到美國後不久，讀過當時大暢銷的克萊頓（Michael Crichton）的《旭日東昇》之後，覺得這確實是寫得很好的小說，不過以克萊頓的小說來說（我是他作品的愛讀者），我想結構似乎有點鬆散，深度也不太夠。平常這位作家總會爲讀者提供「令人相信的」故事，可是這本小說卻有一點還不太夠好的感覺。原因在於理髮廳閒談式的演講太多了，和人物設定太過於公式化，因此故事變得缺乏整體說服力——這是我對這本書的個人意見。裡面出現的日本精英生意人，好像是印在紙上的東西原樣剪下來用似的，描寫得太定型、太缺乏人性，我想再怎麼樣現實上都不會有這種人吧。而且美國人問到我對這本書的感想時，我大概都這樣回答。可是後來，當我實際親眼看到這種有點問題的日本公司的超級精英們之後，甚至開始想到難道克萊頓寫的反而比較正確，而我對現實的認識反而是錯誤的嗎？這樣一想心情不得不變得黯淡起來。

不過正經的人確實還是正經的，我只是碰巧在下雪的早晨看到黑色的兔子而已，我眞的打心裡想這樣相信。

後記

在美國生活之後，還是會懷念日本的食物。偶爾會想到下次回日本的話要吃好吃的東西，這個也想吃，那個也想吃。這種時候很不可思議地腦子裡就會浮現早稻田大學學生餐廳的午餐，真不可思議。一面攤開《產經體育》報紙，一面貪婪地吃著塑膠大碗裝的A餐一定很好吃吧，發現自己竟然在這樣想著時覺得很可怕。以前根本不記得很好吃啊。我太太雖然說文學部學生福利社小餐廳裡的「燒煎包」很好吃，不過不知道還有沒有。

再會吧普林斯頓

一說到「再會吧普林斯頓」就像在說〈拉布爾小曲〉一樣（譯註：有一部電影叫做《再會吧拉布爾》。Rabaul是位於新幾內亞的南國海島，曾經歷第二次世界大戰激戰。〈拉布爾小曲〉是日軍告別離去時唱的歌。），並沒有這麼誇張，總之只不過是搬個家而已。不過因爲是在風俗、習慣、語言都不同的國外整理行李搬家，雖說只不過是搬個家，但也確實相當要命。現在我正坐在麻瑟諸塞州的新居工作室裡寫著這篇稿子，總之天氣很熱，還沒有把打包的行李解開來整理，還有保險啦、銀行啦、行政機構的手續依舊堆積如山，搬家通知也不得不寫，老實說還眞累人。在美國從一州搬到另一州很多事情都必須從頭來過，因此比在日本搬家要費事多了。也累多了。暫時不想再搬家了，連看到紙箱都覺得心煩……才這樣說過，可是過幾年又會開始商量起來：「好了，下次要搬到哪裡去？」這說起來才是搬家可怕的地方。巴德・巴卡拉克的歌中有一句「從此不再談戀愛——至少在明天以前。」在這層意義上也未嘗不可以說搬家就像談戀愛一樣。不是我自豪，我搬家的次數比談戀愛的次數還要多。不過如果要說那又怎麼樣的話，我也沒話說。

普林斯頓大學住起來相當舒服，結果一住就拖拖拉拉的住上兩年半。我的資格最初是訪問學人（visiting scholar），這繼續了一年半（通常期限是一年的，我申請延了半年），後來轉成客座講師（visiting lecturer）這種聽起來不太習慣的資格。有了這個頭銜之後就可以延長居留期間，不過條件是需要開一堂課教書才行。有教書就有收入——啊，老實說這竟然是我有生以來第一次領到薪水——有了在大學教書的正大光明名義，就可以延長居留期間。如果每週再多上兩堂課的話，還可以拿到更高階級的客座教授（visiting professor），不過這個包袱就有點過重了，因爲我並不是爲了當老師而來美國的。於是最後決定以研究生爲對象開了一門講座，每週只上一堂課。我最不擅長教別人什麼，當然既沒有教師執照，這輩子連家庭老師都沒當過，像我這樣的人，大老遠跑到國外來做這種大大違反常理的事情，可以嗎？我當然會湧出這樣的疑問，不過當地似乎不太把資格和經驗之類的事情當成很大問題的樣子。因爲正在教現代日本文學的老師——也是我喝酒的同伴——Hoseya要請一年長假離開普林斯頓，因此也正好補他的缺。本來應該用英語教的，不過要以我的英語能力對研究生談論文學實在有一點怎麼樣，因此請他們讓我用日語講。如果我還是三十幾歲的話，也許可以奮發向上，在這裡想辦法也要努力把英語搞好，可是已經到了四十好幾了，不得不一面數著剩餘的歲月一面工作，要把時間和精力分到自己本來工作以外的地方，會心疼。很抱歉。

我把這講座的主題，選定在「第三新人」。教材從一九五〇年代後半到六〇年代前半所寫出來的東西中挑選。爲什麼這樣呢？因爲一般來說，我從以前就對這個團體的作家作品感興趣。老實說，無論是近代或現代日本作家的作品我都很少看，不過仔細想一想，吉行淳之介、庄野潤三、小島信夫、安岡章太郎、遠藤周作等人的作品——終究只限於我個人而已——還滿熱心讀過。大部分是我當了小說家之後特地去讀的，不過也有不少是在那之前就讀過的。庄野潤三的《游泳池畔小景》、《靜物》和小島信夫的《美國學校》，在學生時代讀後留下深刻印象，對我來說是少數日本小說之一。比起第一次、第二次戰後派作家，這些往往被評爲「私小說式」的作品群，爲什麼會吸引我（很抱歉我對「私小說」過敏），是這堂講座我個人的主題。正好是個很好的機會。所以我想把從以前就一直模糊地懷有疑問的地方趁機有系統地深入探究一下看看。

結論要寫在這裡有點太長，我想另外再找機會在別的地方詳細寫出來，不過一個學期之間和學生每週見一次面花三小時（！）討論，對我自己來說也很快樂，而且很有意義。我把自己所感覺到的、想到的事情對學生用具體語言做讓人容易懂的說明，或在黑板上畫出圖解，或對細部意思做爭論之間，自己以前也不太知道的事情忽然看清楚了，或者他們所提出來的意見和問題有不少觸發了我的想法：「原來如此，也有這種看法和想法啊。」我算起來不是屬於學究型的人，對於把文學當成一門學問幾乎沒有什麼興趣，我本來一直以爲所謂文學終究是個人性的行爲，是不能解析的東西，因此有一點擔心這種團體討論到底有什麼意義，不過多做幾次之後，漸漸覺得去上課愉快起來了。

每星期讀兩個短篇，或一個長篇，以江藤淳的《成熟與喪失》當輔助教材。用日語讀、用日語討論，所以我想每週一篇短篇應該就行了，剛開始以這樣的速度進行，但研究生卻說：「這樣就傷腦筋了。讀的量再增加一點吧。」他們既然這樣要求，於是才定出這樣吃力的進度。對學生來說，尤其對美國學生來說，我想是相當吃力了，不過他們眞是非常努力地跟上來。眞叫我低頭敬佩，甚至想說：「嘿，這樣讀眞的可以嗎？」的地步，美國學生很用功讀書。當然對教書的老師來說是非常高興的事。

研討講座大致說來（因爲有的部分很難明白區分）有美國學生五人，日本學生五人，日本學生並不是主修東洋文學而是從其他學系來參加的。美國人研究生中的兩位用四百字稿紙，以日語寫出相當長的學期末報告（這樣努力還是不能不給他們A）。我看學生的報告中所提到的文本，以庄野潤三的《靜物》最多，其次是安岡章太郎的《壞夥伴》和《海邊的光景》。或許這兩位的作品對美國年輕學生來說比較容易閱讀，也容易評論吧。小島信夫的文章在討論時最踴躍，但可能有點難不太容易下手吧，最後幾乎沒有人選他的作品。

有一位美國學生拿出吉行淳之介的《樹樹皆綠嗎？》來評論。我在上課時雖然沒有講到這個作品，但只要是「第三新人」的作品什麼都可以評論，在這個前提下，要講也是OK的，但傷腦筋的是這篇作品我是很久以前讀的，內容幾乎記不得了。大學的圖書館裡雖然有吉行淳之介的全集，但可惜有《樹樹皆綠嗎？》的那卷卻被人借出去了。於是我打電話給那位叫做尼克的學生（一面在搞搖滾樂團一面在研究日本文學的有點怪的男生），說我手頭沒有那本書，如果你有的話可以借我嗎？他說：「不，其實我讀的是英語譯本。如果是那本英譯本的話我倒有。」因此，沒辦法這篇吉行先生的短篇我決定讀英語版。因爲不讀的話沒辦法爲報告打分數。不過仔細想想，讀了這本小說的英譯本的學生用英語寫的讀書報告，我要打分數，因此我也讀英語譯本或許是合理的選擇也不一定。雖然事情好像相當麻煩。

實際上試著讀起來，這本《樹樹皆綠嗎？》的英譯本譯得相當嚴謹仔細。大致讀起來我想翻譯水準應該可以算是「沒得挑剔」的等級。但翻譯這東西本來就是把用一種語言所寫的東西「不得不，爲了方便起見」轉換成另一種語言，因此再怎麼仔細巧妙地譯，都不可能完全維持原來的樣子。翻譯時，要取什麼要保留什麼，不得不捨棄什麼。所謂「取捨選擇」是翻譯作業的主幹概念。我在讀著這英譯本時，忽然被「這翻譯確實譯得很好。可是要把這再一次轉成日語不知道會變成怎樣？」的疑問所襲。這不知道會和吉行先生的原作多接近（或遠離）？以下文章是我試著把翻譯的文章再翻譯的開頭部分。可以稱爲吉行淳之介的歸國子女式的文學吧……。

伊木一郎在陸橋上停下腳步，回過頭，看著眼前延伸出去的黃昏夕暮中的道路。每天同一個時刻，他去上班。而且每天同樣會在這橋上站定下來，望著那些道路。街景被霧靄般的東西罩住大半。那是眞正的霧靄，還是無數高高的煙囪所吐出的煙霧，化爲層層覆蓋隱藏這一帶的煙霧呢？這很難分辨。不管怎麼樣，街上總是籠罩著霧靄。

每次眺望這霧靄中的街景，他總會經歷兩種不同的感情。一種是現在不得不下到街上去的厭煩心情。一想到那裡等著他的只有單調的工作，他就心情沉重。如果能從這橋上直接轉回房間去，鑽進棉被裡再睡一次回籠覺的話該有多好，他想。

另外一種是，覺得往這深不見底的霧靄的陰暗深處下去有一點刺激。會懷著這兩種不同感情中的哪一種呢？每天每天各有不同。

（吉行淳之介文集——講談社國際部）

這是我以幾乎不記得原作的腦子，盡量忠於原作（英語），完全沒有把吉行先生的文體放在念頭中所翻譯而成的。認眞翻譯時文章會稍微「放開」，但這裡則爲了與原文作明確對比，因此譯得相當直接而中性。然而，這篇文章的原文（日語）其實是如下這樣。

在陸橋上，伊木一郎站定下來，眼睛望著眼底延伸出去的日暮街頭。

每天，這個時刻是他出勤的時間。而且，他每天都會在橋上站定下來，眺望街上。街道有一半沉在霧靄般的煙霧中。那是眞正的夕靄嗎？還是圍繞著這一帶高聳的幾十根煙囱所吐出的煤煙形成的煙，層層遮蓋在街上呢？無法斷定，總之街上經常都沉在霧靄中。

望著霧靄中的街上時，他心中會升起兩種感情。一種是，覺得下到街上很麻煩。等在那裡的單調工作，讓他感到心情鬱悶。眞想從橋上就那樣轉身回房間，鑽進棉被去睡覺。

另外一種，就是下到霧靄底下模糊不清、不明底蘊的地方去，這種刺激的心情。這兩種感情中的一種，依當天的情形而在他心中升起。

（「新選現代日本文學全集33——戰後小說集（二）」筑摩書房）

寫的事情雖然一樣，不過我想可以知道經過這樣試著再翻譯之後氣氛卻相當不同。首先，原文過去式和現在式混合著，英文卻不能這樣，因此全部變成過去式。其次，這也是沒辦法的事情，就是漢字所釀造出來的字面上的「氣氛」出不來。此外文體的微妙癖性所產生的不可思議的粗粗的硬質感不見了。「霧靄底下模糊不清、不明底蘊的地方」，英文譯成 "the unfathomable, shadowy depths of the mist"。我覺得這是相當精練的翻譯，但要從這英文逆向找出原來的文章——當然這能或不能與翻譯的價值並沒有直接關係——還是很難吧。不過，我個人的感想是，以英文翻譯來讀吉行淳之介的短篇很有趣。這樣比喻也許很奇怪，但這也很像古典音樂的古樂器演奏，有一種「重新洗過」式的趣味。不過這種事情一一感覺有趣的，或許只有我這種人也不一定。

總之，爲大家所提出的期末報告打分數，這樣我有生以來第一次當「老師」的義務也盡到了。終於要跟普林斯頓告別了。這次要搬到麻瑟諸塞州的某大學去。那裡教日本文學的朋友問我說：「這次要不要到我們這裡來？」（其實他領到獎學金和我們一進一出到日本去了，所以我們就落得被丟到沒有一個認識朋友的地方去了）。本來要搬去的地方不管是西海岸也好中西部也好，任何地方都無所謂，不過因爲工作上的關聯都集中在紐約，所以如果能留在東部沿岸的北方還是比較方便。

這次搬家多少花一點錢也好，希望能輕鬆一點，最好找能通日語的日本搬家業者，既然英語不太靈光的太太這樣說了，我又因爲工作忙碌希望盡量不要分出太多時間在雜務上，所以打電話給日系的專業搬家公司，請他們來估價。因爲種種加加減減的大略預估，應該會比一般美國業者貴個五成左右吧，結果估出的價錢是四千四百美元（還要再加保險金），這讓我也嚇壞了。再怎麼說小心仔細做，我們也沒有什麼需要特別小心仔細的重要行李，從紐澤西到麻瑟諸塞州這樣的距離要這個價錢，要說過分也未免太過分了。這樣的話乾脆把行李全部處理掉，到那邊再買新的還比較划算。因爲是從附帶家具的房子搬家，所以行李的量並不太多，如果有人幫忙的話，乾脆自己租個卡車運去也行的，可惜學校已經放暑假，很遺憾周圍找不到一個有空的人。再怎麼說，就憑我和沒力氣的太太兩個人要搬沉重的行李上二樓是不可能的。於是我找遍附近的運輸業者，終於找到一家時間排得出來的公司（因爲美國夏天正是搬家旺季，因此在這期間要約兩星期後的搬家眞是太難了），趕快請他們來估價。第二天早晨估價的男人來了，看了家裡一圈，計算一下紙箱數目說：「嗯，這樣子嘛，要九百八十美元（含保險）。可以嗎？」當然我們沒得抱怨的。因爲不到第一次估價的四分之一呀。

很多人警告過我，美國的搬家公司不守約定的日期時間，行李常常遺失，家具會碰傷，態度很流氓等等。附近鄰居露西就說：「我從華盛頓特區搬來的時候，比約定的日期晚了兩天才來搬，東西都打包裝箱了，沒辦法在那之間我跟我先生只好兩個人縮在地板上睡覺。」梅格說她寶貝的古董家具被碰得亂七八糟，安娜說：「中途遺失了一個行李箱就沒再找回來了。保險也不理賠。」塔拉說：「明明確實估過價約定好的，搬家的卡車最後還是沒來。」日本的業者確實很貴，但好像幾乎不會有這種粗魯激進的爭執。「所以，如果是大學出錢的搬家，我們都會找日本業者。因爲一來輕鬆，再來也做得仔細。」一位老師這樣告訴我們。我們的情況是：「打包裝箱在這三天中的某一天，運送則在那三天中的某一天，」這樣籠統的說法——這種話要是在日本說出來，事態可就嚴重了——雖然如此，實際做起來，這次倒要謝天謝地，總算沒什麼特別問題就搬成了。

來了三個體型像阿諾史瓦辛格，身上有刺青的大哥，我搬起一個都覺得很吃力的沉重行李，他們可以一次輕鬆地拿起三個上下樓梯，一轉眼工夫就全部搬光了。這些人的體格要是夜晚在路上迎面遇到的話，可能會嚇你一大跳，不過他們的力氣卻讓你佩服，他們很能幹活，也相當親切。以我搬過許多次家的經驗來說，日本搬家業者的那些人大多會以「因爲這是該做的工作」般的氣氛，確實而安靜地，系統化而無表情地做著；而這邊的人卻以「我們可是專家」的感覺，一副在炫耀他們的肌肉似的一面大聲說著笑話，一面堂堂正正男子漢式地勞動著。在這個國家——並不是每個人都一樣，不過大致上——從事肉體勞動，說起來也是一種自動自發的人生選擇。當我誇獎他們：「好有力啊，」就一副「那當然！」似的很開心地面露微笑。這些人可能跟希拉蕊．柯林頓談不來吧。

在新居的地板上紙箱堆積如山，「嘿，Lots of luck！（祝好運。）」這樣開朗地告別之後，搬家貨車就開走了，然後剩下我們兩個人，孤零零地被留在一個人都不認識的陌生外國城市裡。要說不會心虛害怕是騙人的。不過也沒辦法，沒人拜託你這樣，是自己喜歡到處晃蕩四處漂流的，我想。就像美國人常說的那樣：「要是討厭熱，一開始就別進廚房。」不管怎麼樣，已經到了新的地方，在這裡有新的生活即將展開，不是很棒的事情嗎？

話雖如此，這種生活到底要繼續到幾歲呢？眞是的。

後記

前幾天，我把這篇吉行淳之介的同一篇文章，讓五個日本學生翻譯成日語，這相當有意思。當然因為他們的英語都很好，所以幾乎沒有什麼錯的地方，可是幾乎所有的人都把 mist 譯成「霧」。這當然不算是誤譯。所謂 mist 在辭典上的意思是「薄霧」或「靄」。比 fog 淡，比 haze 濃的就是 mist。只是這裡提到的是夕暮中的城市，因此我想與其說是夕霧不如說是夕靄應該比較貼切吧。不管哪一個正確，並不只是 mist ＝霧而已，至少應該考慮到可以有不同的選擇。我相信對自然的、以往日本人式的（花鳥風月式的）精神性的東西，以後可能將會繼續變質、喪失下去。在都會生活中首先就不會想到霧、靄、霞的不同，所以我想這可能也是沒辦法的事情吧。

其次更有趣的是，翻譯稿中女學生寫出來的很多是過去式和現在式混合的文章，男學生寫的則全都是只用過去式的文章。

《終於悲哀的外國語》後記

我寫這本書之前，出過一次所謂旅行記或居留記似的東西。就是《遠方的鼓聲》，在這本書中我寫下了住在歐洲那三年左右的事情。不過現在回想起來，收在那裡的文章，多半是以「第一印象」或頂多以「第二印象」所寫成的。我雖然在那裡停留相當長的時間，但我想似乎終究只是以一個路過的旅行者的眼光眺望週遭的世界而已。並不是說那樣就好或不好。不過路過的人有路過人的觀點，定居在那裡的人有定居人的觀點。兩者都各有優點，各有死角。並不能一定說，以第一印象寫東西就淺薄，長久生活其間仔細慢慢看著的人觀點就深入而正確。有些時候正因長久扎根定居下來，反而看不見的情況也有。能多認眞，或多有彈性地和自己的觀點相對應？我想是對這種文章來說最重要的問題。

不過充分知道這點之後，這次剛開始我就想盡量試著從「第二印象」，轉成以「第三印象」左右的眼光來寫看看。這次好不容易總算「歸屬」於美國這個社會，在這裡生活著，所以不只是一下就跳下去寫一點什麼新鮮的、看起來新奇的東西，而是從稍微退後一點的地方，花一點時間，試著想一想各種事情。以照片來說，我想試著用標準鏡頭，從普通的距離，拍攝極其平常的東西。

老實說，我從歐洲回來以後，本來想在日本安定下來一段時間，悠閒地過過日子的。試想想好幾年又好幾年一直在搬家。飄飄忽忽就像沒有根的草一樣，漫無目的地漂流著。我已經不那麼年輕了，自己都覺得差不多已經到了該在一個地方落定下來的時期了。實際上，我在歐洲停留的最後時期也已經覺得搖搖欲墜了。也想過：「好久沒去泡溫泉了，眞想去泡一泡。」最好心血來潮就搭上電車去到某個溫泉旅館住下來，或夏日的大白天開始就在蕎麥麵店喝啤酒，寒冷的季節在黑輪店喝燙熱的酒暖一暖身子，充分享受這種輕鬆的生活。

可是就像前言裡寫的那樣，一九九〇年一月到第二年一月，在日本住了一年之後，又相當猶豫，終於還是打包行李決定搬到美國住。又忘了教訓還想跑到國外去，是因爲在日本一面休養一面生活之間，雖然我確實已經不年輕了，可是自己也覺得年紀還沒有到太大的地步。我只是很單純地想多看看各種地方，想多體驗一下各種生活。既想多見見各種人，也想多試一試各種新的可能性。趁著還能做這些事情的狀況下，盡可能多做一點起來。

因此前前後後就在美國住了將近三年。總是打算不久之後要回日本的，那會是什麼時候呢？確實我也還不清楚。總之把現在正在寫的長篇小說完成以後，再來好好想一想吧，一直這樣想著舉棋不定之間就那麼繼續留在異國之地（這種表現法似乎有點大時代式的）一天過一天的狀態。

在歐洲的時候也一樣，長久離開日本感觸最深的是，自己不在的時候世間也沒有任何妨礙地順利圓滑地進行下去。我這樣一個人，或一個作家忽然從日本消失，誰也不會因此而難過，也不會感到特別不方便。並不是我憤世嫉俗鬧彆扭，我只是想：「結果有我沒有我，都沒關係嘛。」試想一想，這也是不用說自然明白的道理。如果世間多了一個人或少了一個人就會天下大亂的話，有幾個世間都不夠看。但在日本生活時，每天忙著被自己的任務之類的逼迫追趕著，就沒有空閒去深入思考自己的無用性之類的事情倒是眞的。

就算假定我現在因爲飛機失事或食物中毒忽然死掉，事態也差不多一樣。或許其中有少數人會說「還年紀輕輕的眞可憐哪」之類的，但經過一年之後，大家一定連我這個人曾經存在過這件事情都忘了。就算偶爾會想到，但我不在了一定誰也不會特別感到痛癢吧。在這層意義上，這種說法也許有一點誇大，不過長期住在外國這件事，我覺得好像可以說是從社會上消失的預備＝疑似體驗似的。

和這個有點相似的是，在外國生活的好處——雖然是不是可以這樣說還有一點疑問——之一是，可以確實感覺到自己只不過是一個無能力的外國人，一個外人（stranger）

而已。首先有語言的問題。對我來說要用外語充分而確實地表達自己實際上是不可能的，自己想表達的事情只能向對方傳達兩三成是家常便飯。不但這樣，甚至往往完全無法溝通。也曾經遇到過只因是外國人，一開始就被歧視的情形。也遇到過不少討厭的事情。被騙過幾次。不過我想遇到這些事情絕對不是沒有意義的。因爲至少被歧視、被當作外人而受到不合理排斥的我，是一切被剝掉之後，赤裸裸的我。我雖然絕對不是被虐待狂，不過就算是個弱者、是個無能者也罷，我甚至感覺能夠保有成爲(或不得不成爲)那樣一個沒有虛飾和贅肉的完全自我的狀況，在某種意義上或許就是很寶貴的經驗。當時當然會生氣，會受傷，實在沒辦法悠哉地想道：「這對我是有意義而重要的經驗。」但事後心情冷靜下來回想起來時，卻多少會有點這樣覺得。我也想這恐怕是沒辦法的事情吧。至少比我在日本的時候，經常感到的種種麻煩，還是這種落在屬於個人起碼資格上的直接「難過」方式，對我來說感覺好像比較合理。

離開日本長久在國外生活之間，經常會被問到我的日語有沒有改變？美國人這樣問，日本人也這樣問。不過這種事情自己是不太知道的。被這樣問起時覺得好像變了，也覺得並沒有什麼變。所以有時候會回答：「嗯，還是會改變，」有時候回答：「不會呀，沒什麼改變。」隨當時的心情會有各種不同的回答方式。要說太隨便也很隨便，不過忽然被問到這麼困難的問題，這邊也沒辦法正確回答吧。

例如你突然遇到某個從前的朋友，突然被問到：「你整個人變了噢。對嗎？變了吧？」你對這種問題，能確實答得出來嗎？沒辦法回答吧。畢竟經過了五年、十年、或二十年的歲月了，在那之間人會改變是理所當然的，不改變才非常奇怪呢。不過同時，能夠讓那改變成爲可能的你這個人，在這裡還是一個一貫不變的存在。所以被說到「你變了」一句話，到底指的是哪方面？如果不具體明白地界定的話，這邊可就沒辦法對應了。說到語言和文體的變化之類的也一樣。語言是經常在變的東西，由於各種因素而改變下去。那會對應空氣而變化，會對應思考方法和行爲樣式而變化。會因不同的交際對象、不同的年齡而變化，因自己立場的改變而改變。然後人住在國外這件事情，也只不過是這些變化因素的 one of them 而已。並不是可以簡單地用 Yes 或 No 回答得了的問題。如果要正確而認眞地回答的話，也會變成：「嗯，來到美國之後我想我的日語大概在改變吧。不過以現實問題來說，其他的（也就是除了在美國生活之外的）選擇所產生的改變，和現在在這裡的改變，無法相提並論，所以關於您所提出『住在美國之後我的日語有沒有改變』的問題，就算我現在在這裡回答，那畢竟也只不過是無法證明的暫定假設而已吧。」但是這種話如果面對面說出來，對方大概會覺得很掃興吧，談話也會接不下去，因此我會看當場的情況隨機應變地回答 Yes 或 No。反正不管我回答什麼，世界也不會因此而變得更好或更壞。假定會的話，我想我可能會沒工夫寫小說而努力認眞地去思考各種問題，確實而正確地回答，不知道是幸或不幸目前還不到這樣的地步。

不過只有一件事情我可以努力認眞地說的，我到美國來以後對於日本這個國家，或日語這種語言倒是開始相當認眞地，面對面從正面去思考。老實說，我年輕時，開始寫小說的時候，還想要盡量遠遠逃離所謂日本這個狀況。換句話說，想要盡量遠離日語式東西的束縛。認爲那樣應該能夠寫出和自己這個人比較「接近」的東西。這樣說起來好像相當非國民的發想方式似的，不過不管怎麼樣，因爲我實際上眞的是這樣想的，所以也沒辦法。而且爲了要這樣還拚命努力過。爲了自己和日語的互相妥協談和，眞是試過把所有的方法、手法、觀點等總動員來苦鬥惡鬥過。那時候自己的文章現在讀起來，會覺得原來如此，眞是辛苦了啊，好像是別人的事情似的感到佩服。

不過年紀漸漸大了，隨著在那種苦鬥惡鬥之間一點一點學到屬於自己的「妥協的」日語文章風格，而且以現實問題來說，離開日本生活的年月逐漸增加之後，我漸漸變得喜歡用日語寫小說這個行爲了。日語這種語言，對自己來說漸漸變得令我懷念起來，開始變成少不了、離不開的東西了。這並不是所謂的日本回歸之類的事情。有的去到國外原來很崇洋的人，忽然一百八十度大轉變，成爲日本文化至上主義者似的回國的例子很多，不過我所說的跟這個卻是兩回事。因爲我並不是說日語和外語比起來在語言上有多優越。世上雖然有很多人主張日語比起外語來優美得多，是具有優越資質的語言，但我並不認爲這是正確的。日語之所以顯得是美好的語言，是因爲那是和我們的生活息息相關的語言，那對我們來說已經變成不可或缺的、明明白白的一部分了，而不是因爲日語這種語言的特質本身很優越。所有的語言基本上是等價的，這是我始終不變的信念。而且如果沒有所有的語言基本上是等價的這樣的認識的話，也不可能有文化的正當交換。

我三十歲的時候由於某種偶然的機緣而當上了作家，但是在那以前，除了極少數的情況之外，幾乎沒有拿起過所謂日本作家的小說來讀（這是因爲我個人有許多不得已的情況所致，但那說來話長，以前也不知道在什麼地方寫過，所以在這裡不提），因此我沒有從以前世代的作家學習具體表現方法的經驗。也沒有特別想視爲榜樣的敬愛作家。連私小說是什麼樣的東西之類的初步認識都沒有。並不是討厭日本文學，或這類的原因。只是單純地沒有讀過日本小說。所以我那時候讀過的許多英語小說，或從其他語言翻譯過來的小說，就成爲自己爲了寫小說時不得不學習的方法。換句話說，就像不得不從一種代理母親似的東西，透過一層濾網學習寫日語小說的文體和手法。有人說這是不是有點不自然，我也難以回答，那已經是很久以前的事了，已經發生過的事，無論是好是壞，現在再強辯也沒有用。不過不管那出發點的是非如何，我從那以後的十五年之間，爲了寫自己的小說，不得不以自己的力量，就像把一塊又一塊的磚頭堆砌起來般建立起日語的文體。而且藉著這樣做，雖然只是一點一滴，但也覺得似乎開始看得見自己所認爲的日語的姿態這東西了。

在這層意義上，這本《終於悲哀的外國語》這樣的書名，對我來說是擁有相當眞切實在的聲響的。自從決定要當書名之後，偶爾念頭興起，這語言就會浮上我的腦海。例如像這樣每天在波士頓市區過著日常生活，坐在理髮廳的椅子上照見鏡子裡自己的臉，在大學旁邊的甜甜圈店 Dunkin Donuts 買咖啡和甜甜圈，在某個人家裡的派對上小口啜著葡萄酒，在十字路口雙手放在方向盤上恍惚地等著綠燈時，「終於悲哀的外國語」這語言，就會毫無來由地忽然像漫畫的對白似的砰一下浮上我的腦海。不過雖然說「悲哀」，並不是因爲不得不說外國語所以很難過，或者因爲外國語說得不好所以很悲哀。當然這也有一點，不過這並不是主要的問題。我眞正想說的是，對自己來說並不是不用學、自然明白的自明性語言，不知道由於什麼因果關係，竟然把自己專專圍住，這種狀況本身似乎包含著某種類似悲哀的東西這件事。說法好像變得迂迴曲折起來了，很抱歉，不過要正確說的話，就是這樣。

然後偶爾回到日本時，這下子竟然又不可思議地開始悲哀起來。「我們這樣自以爲不用說、自然明白的這些事物，其實對我們來說，眞的是自明性的事物嗎？」不過當然我這種想法可能不恰當。因爲對自明性懷有疑問這件事本身，正明白顯示缺乏自明性。不用說，在日本暫時住一段時間之後，這種自明性可能又會漸漸在我心中回來。我可能又會把那當作自明性的東西來接受。憑經驗可以知道。但其中應該也有不會回來的東西。這也憑經驗可以知道。那大概因爲所謂自明性這東西並不是永遠不變的東西這樣的事實的記憶。不管人在什麼地方，我們都在某個部分是個陌生人，我們在那微明地帶有一天可能會被無言的自明性所背叛、所遺棄，有這樣一種令人肌膚微微感到寒冷的懷疑感覺。

身爲一個人，一個作家，我恐怕要一輩子一直懷著這「終於悲哀的外國語」活下去。這是正確的嗎？或者不太正確呢？我不太清楚。被批評很傷腦筋，被誇獎也傷腦筋（大概沒有人會誇獎吧）。因爲那裡是我所跋涉到的地方，而且我畢竟也只能跋涉到那裡而已。

收在這裡的文章，是將在《本》這本雜誌上連載過的稿子加以修改整理而成的。收進單行本時還有一些新的事情想添進來，於是又另外以「後日附記」的形式分別附在各篇文章後面。

藍小說 944

終於悲哀的外國語

作者—村上春樹
繪圖—安西水丸
譯者—賴明珠
副總編輯—葉美瑤
編輯—邱淑鈴
企劃—黃千芳
校對—賴明珠、邱淑鈴

董事長—趙政岷
出版者—時報文化出版企業股份有限公司
108019台北市和平西路三段二四〇號三樓
發行專線—(〇二)二三〇六—六八四二
讀者服務專線—〇八〇〇—二三一—七〇五
(〇二)二三〇四—七一〇三
讀者服務傳真—(〇二)二三〇四—六八五八
郵撥—一九三四四七二四時報文化出版公司
信箱—10899臺北華江橋郵局第九九信箱
時報悅讀網—http://www.readingtimes.com.tw
電子郵件信箱—liter@readingtimes.com.tw
法律顧問—理律法律事務所 陳長文律師、李念祖律師
印刷—勁達印刷有限公司
初版一刷—二〇〇六年十月三十日
初版二十刷—二〇二三年十二月二十九日
定價—新台幣二六〇元
(缺頁或破損的書，請寄回更換)

時報文化出版公司成立於一九七五年，
並於一九九九年股票上櫃公開發行，於二〇〇八年脫離中時集團
非屬旺中，以「尊重智慧與創意的文化事業」為信念。

終於悲哀的外國語 / 村上春樹著；賴明珠譯. -- 初版. -- 臺北市：時報文化, 2006 [民95]
面；　公分. --（藍小說；944）

ISBN 957-13-4394-3（平裝）
ISBN 978-957-13-4394-5（平裝）

861.6　　94020363

ISBN 957-13-4394-3
ISBN 978-957-13-4394-5
Printed in Taiwan

安西水丸

比村上春樹大幾歲的安西水丸在村上春樹剛出道時，就已經是首屈一指的插畫家。安西水丸曾任電通、平凡社藝術總監，後為自由插畫家，活躍於廣告、封面設計、漫畫、小說、散文等不同領域。他與村上春樹第一次合作的書是《開往中國的慢船》。之後村上的短篇集要找人做設計時，便想到安西。村上覺得安西水丸的直覺很敏銳，對方想要什麼樣的東西，都可以清楚表現出來，並掌握氣氛。所以村上很放心地將短篇作品的插畫託付給他。關於這一點，安西水丸笑稱是在廣告公司待過，受過訓練的結果。村上說，與安西水丸一起工作，是一種nice and easy的感覺；而安西則說，村上的超級短篇小說每每令他熱切期待，就像要打開不知會有什麼東西跳出來的驚奇盒似的。這兩位創作者一文一畫這麼多年的合作，一篇篇的文章，裹上水丸性的外衣，舒服地安頓在一起，呈現給讀者最美好的視覺享受。

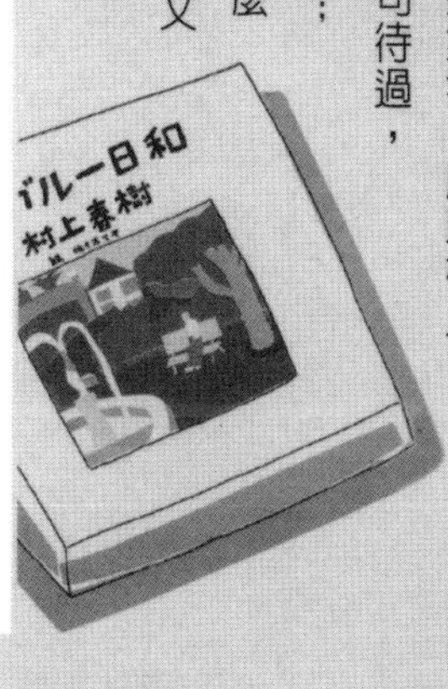

AI0909

夜之蜘蛛猴

安西水丸◎圖・賴明珠◎譯

192頁　200元

〈炸薯餅〉、〈撲克牌〉、〈報紙〉、〈甜甜圈化〉、〈夜之蜘蛛猴〉等收編在這本書中的三十餘篇「短短篇」，本來是村上爲雜誌的系列廣告寫的作品，再由安西水丸配合文章畫上插圖。第一部分是爲了西裝，第二部分是爲了鋼筆。不過內容倒不是跟西裝或鋼筆有關，只是村上隨筆寫的短文。

AI0933

蘭格漢斯島的午後

安西水丸◎圖・張致斌◎譯

112頁　150元

本書中所收錄的，是村上春樹與安西水丸於兩年之間發表在CLASSY雜誌上的二十五篇文章與圖畫。村上說這些文章，很像在一家樸素而氣氛良好的酒吧吧台寫信給友人的情況。走進店裡，在吧台前坐下，用眼神與酒保打個招呼，酒保送上辛辣得恰到好處的酒，古老的歌曲輕聲播放著。於是村上拿出筆記本與原子筆開始動筆「近來好嗎……」。類似這樣的感覺。

村上總是將忽然浮現在腦海的東西原封不動信手寫下，然後直接裝進信封寄給安西水丸，讓他配上插圖，裹上水丸性的外衣。

AI0928

日出國的工場

安西水丸◎圖・賴明珠◎譯

256頁　230元

村上春樹和安西水丸一起去探訪各式製造工廠，再以作家無窮無盡的想像力，構築了收在本書中的七個工廠，依序是：（1）人體標本工廠，（2）結婚會場，（3）橡皮擦工廠，（4）酪農工廠，（5）Comme des Garçons工廠，（6）CD工廠，（7）愛德蘭絲假髮工廠。村上春樹天馬行空的想像力配上安西水丸同樣有趣的插圖，處處呈現令人驚喜的幽默效果。

AI0924

象工場的HAPPY END

安西水丸◎圖・張致斌◎譯

176頁　160元

本書爲村上春樹與安西水丸八〇年代合作的短篇系列，村上的小品創作配合安西的清新畫風，打破文字與圖象的區隔及界限，亦表現出創作人的獨特性格及生活見聞。

書中的插圖和文章完全是獨立的。村上的散文和安西的插圖其實是各自進行的；安西說，書中沒有一幅圖是他讀過村上的文章之後才畫的，可是文圖卻意外地契合。書末並收錄村上春樹與安西水丸的對談，內容提到兩人首次合作的緣起、安西去村上家拜訪的「隔扇畫」事件，表現出畫家自然率眞的一面。